Viktor Zeller

Lotto Toto tot

Der erste Fall der Tippgemeinschaft

Roman

Oktopus

Für den Blick hinter die Verlagskulissen:
www.kampaverlag.ch/newsletter

Ein Oktopus Buch bei Kampa

www.kampaverlag.ch
www.oktopusverlag.ch
Covergestaltung und -motiv: Lara Flues, Kampa Verlag
Satz: Tristan Walkhoefer, Leipzig
Gesetzt aus der Stempel Garamond LT / 210140
Druck und Bindung: Friedrich Pustet, Regensburg
Auch als E-Book erhältlich
ISBN 978 3 311 30012 0

1

Der Wecker klingelte. Ein sirenenartiger Alarm, der Toni jeden Morgen – außer sonntags – um 6:15 Uhr aus dem Schlaf riss. Irgendwo hatte Toni gelesen, dass ein sanftes Erwachen gut für das Herz, den Kreislauf und die Psyche sein soll. Vogelgezwitscher, Klaviermusik oder Kinderlachen wurden als Wecktöne vorgeschlagen, vielleicht sollte er das mal ausprobieren.

Toni schaltete den Wecker aus, ging in die Küche und knipste die Kaffeemaschine an. Er bereitete immer schon am Abend alles vor. Während der Kaffee kochte, machte sich Toni fertig: Zähne putzen, Gesicht waschen, rasieren. Seine Haare waren schon seit vielen Jahren grau, aber dicht und glänzend. Er träufelte ein bisschen Haaröl auf seine Kopfhaut. Dann zog er sich an. Weiße Unterwäsche. Eine hellbraune Hose, ein blau kariertes Hemd, braune Socken, braune Schuhe. Alle seine Anziehsachen waren blau oder braun. Er mochte blau und braun – oder hatte es irgendwann einmal gemocht.

Toni Gruber war 56 Jahre alt. Einzelkind. Unverheiratet, kinderlos. Seine Eltern waren schon lange tot. Tonis Mutter starb, als er noch ein Kind war. Die einzigen Erinnerungen an sie stammten aus den Erzählungen seines Vaters. Als Toni 28 war, starb auch sein Vater. Prostatakrebs.

Toni erbte das Haus inklusive des Ladenlokals, das

sich im unteren Stockwerk befand: Grubers Tabacchi. Tonis Vater hatte den Laden nach einem Italienurlaub von Grubers Laden in Grubers Tabacchi umgetauft. »Es klingt internationaler, bedeutender«, hatte er gesagt. Tonis Vater wäre gern mehr als ein Ladenbesitzer gewesen. Bedeutender. Wie etwas klingt, war Tonis Vater wichtig gewesen. Er hatte es nicht ausstehen können, dass aus seinem Sohn Anton ziemlich schnell der Toni geworden ist.

Oben befanden sich die Wohnräume. Die Küche, zwei Bäder, drei Schlafzimmer, ein Wohnzimmer, ein Balkon. Das Haus benötigte dringend eine Generalüberholung. In den Bädern roch es nach Kanalisation, das lag an den alten Rohren. Die Zimmer müssten tapeziert und gestrichen, Dach und Fenster erneuert werden. Das Haus glich einem alten kranken Mann – einem verschuldeten, alten kranken Mann. Zwei Hypotheken lasteten auf dem Gebäude.

Um 6:30 Uhr trank Toni seine erste Tasse Kaffee.

Um 6:34 Uhr goss er noch einmal nach und verbrachte – samt Kaffee – die nächsten acht Minuten auf dem Klo.

Um 6:43 Uhr schaltete er die Kaffeemaschine aus, schloss die Wohnungstür ab und ging nach unten.

Er knipste das Licht in seinem Laden an. Tabakwaren, Zeitschriften, Lottoannahmestelle, Schreibwaren.

Vier Regalreihen in der Mitte und jeweils zwei an den Seiten säumten den quadratischen Raum. Hinten befand sich die Ladentheke. In der linken Ecke stand Tonis Schreibtisch. Vor dem Schreibtisch eine Dreierreihe Flugzeugsitze, die das Reisebüro, das sich einst auf der gegenüberliegenden Straßenseite befunden hatte, Toni vermacht hatte, als es pleitegegangen war.

Pleitegehen war das Schicksal vieler einst etablierter kleiner Geschäfte. Zwei Blumenläden hatten zugemacht. Von den vier Bäckereien hat eine überlebt. Frau Werners Gemischtwarenladen war der erste, der von einem Tag auf den anderen verschwunden war. Toni erinnerte sich, dass er an einem Montag bei Frau Werner Milch gekauft hatte, und dienstags, als er Eier kaufen wollte, ein handgeschriebenes Schild im Schaufenster hing:

Liebe Kunden,

leider muss ich Ihnen mitteilen, dass ich mein Geschäft aufgebe. Ich bedanke mich für Ihre Treue.

L. Werner

Toni hatte einen Kloß im Hals gehabt, als er Frau Werners Botschaft gelesen hatte. Frau Werner war eine Instanz in der Nachbarschaft gewesen. Ein Kölsches Urgestein. Karneval dekorierte sie den Laden mit Luftschlangen und Ballons. Ihr Matrosenkostüm legte sie erst am Aschermittwoch ab. Die Kinder bekamen Kamelle, die Erwachsenen Bützchen. Frau Werner spürte, wenn jemand Sorgen hatte, und sie konnte einen dazu bringen, sein Herz in dem kleinen Geschäft auszuschütten. Ihr Rezept für Hühnersuppe war legendär. Neben Lebensmitteln konnte man auch andere nützliche Dinge bei ihr erwerben. Knöpfe und Stricknadeln. Sie wusste, wie man hartnäckige Flecken aus Hemden entfernt. Wenn man Frau Werners Laden verließ, fühlte man sich besser oder man war klüger.

Bis Mitte der neunziger Jahre lief Grubers Tabacchi gut. Aber schon lange kauften die Leute Zeitschriften und Zigaretten in den großen Supermärkten. Früher war das Schreibwarensortiment vielfältig gewesen: Schulhefte – liniert, kariert, blanko. Ringblätter, Malblöcke, Füller, Stifte, Wasserfarben, Heftordner, Radiergummi, Locher. Alle Schulkinder hatten ihre Utensilien bei ihm gekauft. Jetzt bestellten sie die Sachen im Internet. Das war billiger. Und so ließ Toni die Schreibwaren auslaufen. Es gab noch eine Kiste mit Restbeständen, aber selbst die stark reduzierten Sachen wollte niemand kaufen. Vielleicht, weil die Zeit die Hefte leicht verschmutzt und die Wasserfarben zum Bröckeln gebracht hatte. Jedes Mal, wenn Toni an der Kiste vorbeiging, dachte er, er sollte das Zeug wegschmeißen oder verschenken. Aber er tat es letztendlich doch nicht.

Ein anderes Relikt aus der guten alten Zeit war der Grußkartenständer. Einst waren es fünf Ständer gewesen, und kein Tag war vergangen, an dem Toni nicht mindestens zehn Geburtstagkarten mit lustigen Tiermotiven oder Trauerkarten verkauft hatte. Und unzählige Weihnachtskarten im Dezember. Entweder haben die Menschen aufgehört, Grüße mit der Post zu verschicken, oder sie bestellten auch ihre Karten online.

Doch irgendwie schaffte Toni es, zu überleben.

Manchmal blieben einige der Regale und Zigarettenfächer leer, weil er nicht genug Geld für neue Ware hatte. Und manchmal konnte Toni nicht einschlafen, weil er Zahlen überschlug und darüber nachdachte, was er anders, besser machen könnte. Den Laden zu schließen, noch mal neu anzufangen, war nie eine Option für ihn gewesen. Der Laden war mehr als ein Geschäft, er war ein Teil von Toni.

2

Heute war Freitag. Der einzige Tag in der Woche, an dem Toni durchgehend geöffnet hatte. Sonst schloss Grubers Tabacchi von 13 bis 15 Uhr. Mittagspausen waren aus der Mode gekommen, aber Toni brauchte seine Pause. Nur nicht freitags. Da brach das Lottofieber aus, und man konnte nicht einfach zumachen. Die Umsätze waren zu gut.

Toni füllte die Fächer mit den Lottoscheinen auf, wischte die Ladentheke ab und legte Wechselgeld in die Kasse.

Um 6:59 Uhr schaltete er die Außenbeleuchtung an, und um Punkt 7 Uhr schloss er die Tür auf.

Manchmal musste er Stunden warten, bis der erste Kunde kam, aber nicht freitags. Um 7:04 Uhr ging es los. Lotto. Lotto. Lotto.

»Toni, sag mir die Zahlen.«

»Herr Gruber, wenn ich sechs Richtige habe, kriegen Sie was ab.«

»Am besten spiele ich noch einen Schein.«

»Einen Quicktipp, Herr Gruber.«

Lottospieler konnte man in zwei Gruppen einteilen. Die Pessimisten: »Ich weiß gar nicht, warum ich spiele, ich gewinne ja eh nicht.« Und die Optimisten, die bis zur Ziehung in Gedanken viele Millionen Euro ausgaben, Autos, Häuser und Schiffe kauften, in ferne Länder reisten und endlich schuldenfrei waren.

Toni gehörte zu den Optimisten, doch waren seine Träume bescheiden: das Haus renovieren und die Hypotheken abbezahlen. Er hatte ein Auto, und wozu brauchte er ein Schiff? Reisen? Wenn Toni sich sein reisendes Ich vorstellte, sah er sich auf einem Kamel allein durch die Wüste reiten. Glücklich war dieser Toni nicht, er schwitzte und hatte Angst.

Mehr als den Traum von der Hausrenovierung mochte Toni den Akt des Spielens. Das Ausfüllen der Scheine mit seiner Tippgemeinschaft. Die Tippgemeinschaft Jackpot gab es seit einem Jahrzehnt. Zuerst waren sie zu zweit gewesen: Toni und Erol Ölmez, Taxifahrer. Dann stieß der Zahnarzt Sebastian Thiele dazu und schließlich, vor drei Jahren, das letzte und jüngste Mitglied Tom Seibert, ein arbeitsloser Werbetexter. Ohne Lotto hätten sich die vier nie gefunden, ihre Leben waren zu unterschiedlich. Mittlerweile waren sie Freunde.

Jeden Freitag saßen sie zusammen in Tonis Laden. Erol, Sebastian und Tom auf den Flugzeugsitzen, Toni auf seinem Schreibtischstuhl. Sie spielten 30 Dauerscheine und füllten mindestens 20 weitere aus.

Auch an den anderen Tagen schauten die drei bei Toni vorbei, auf eine Tasse Kaffee, eine Zigarette. Es passierte regelmäßig, dass sie alle vier aufeinandertrafen – an einem Montagnachmittag oder Donnerstagabend. Aber nur Freitag, 18:30 Uhr, war gesetzt. Dann schloss Toni die Tür ab, schaltete die Außenbeleuchtung aus, und Grubers Tabacchi gehörte der Tippgemeinschaft Jackpot.

3

»Wer will noch ein Bier?«, fragte Tom.

»Ich«, sagten die anderen.

Tom ging in das Hinterzimmer, das durch einen Vorhang aus braunen Plastikperlen vom Laden getrennt war. Hier gab es einen Kühlschrank, eine Kaffeemaschine, eine Toilette. Zwei Schränke, in denen Tonis Angelausrüstung, Werkzeug und die Wintermäntel seiner Eltern lagerten. Tonis Vater hatte die gesamte Garderobe seiner verstorbenen Frau in die Kleidersammlung gegeben, nur die zwei Kaninchenfellmäntel hatte er in den Schrank im Hinterzimmer gehängt. Als sein Vater starb, hatte Toni seine gesamte Garderobe in die Altkleidersammlung gegeben, nur die zwei dunkelgrauen Wintermäntel hatte er in den Schrank im Hinterzimmer gehängt. Manchmal fragte Toni sich, ob wohl irgendjemand seinen Wintermantel hier aufhängen wird, wenn er tot ist.

Die Tippgemeinschaft fühlte sich zu Hause in Tonis Laden. Sie wussten, wo das Bier stand und wie man die Toilettenspülung austrickste. Toni gab eine Runde Zigarillos aus. Montecristo Mini. Und wie immer sagte der Zahnarzt Sebastian: »Eigentlich rauche ich nicht«, und zündete sich ein Zigarillo nach dem anderen an.

Tom kam mit vier Flaschen Gaffel Kölsch zurück. Die Männer prosteten sich zu. Rauchend und trinkend begannen sie, die Lottoscheine auszufüllen.

»Ich habe gestern Nacht geträumt, dass wir gewinnen«, sagte Tom.

»Hast du auch Zahlen geträumt?«, fragte Erol.

»Jup.«

»Dann sag mal an.«

»Ich kann mich nicht mehr erinnern«, sagte Tom.

Die anderen lachten.

»Gleich nach dem Aufstehen wusste ich sie noch.«

»Warum hast du sie nicht aufgeschrieben?«, fragte Toni.

»Wollte ich, aber dann kam meine Mutter rein und hat rumgebrüllt, wegen … ist ja auch egal.«

»Du bist zu alt, um noch bei deine Mutter zu wohnen«, sagte Erol.

»Wieder«, sagte Tom, »wieder zu wohnen. Und es heißt dei*ner* Mutter.«

»Oh, fang nicht an wie Gülen. Gülen werden immer schlimmer mit Verbesserungen. Und die Mädchen auch«, sagte Erol. »Nur Berkan lassen misch in Ruhe.«

»Erol hat recht«, sagte Sebastian. »Du bist zu alt, um bei deiner Mutter zu wohnen. Noch oder wieder spielt keine Rolle.«

»Hackt doch nicht alle auf dem Kleinen rum«, sagte Toni.

»Aber stell dich vor, das waren die richtige Zahlen, dann ist der Kleine schuld, dass wir nicht gewinnen Jackpot.«

»Stell *dir* vor … richtig*en* Zahlen … wir *den Jackpot nicht gewinnen*«, sagte Tom ganz leise.

»Oder auch nicht«, sagte Sebastian.

»Wie meinst du?«, fragte Erol.

»Es war ja nur ein Traum.«

»Aber wir haben gewonnen«, sagte Erol.

»In Toms Traum«, sagte Sebastian.

»Ja«, sagte Erol.

»Traum, nicht Prophezeiung.«

»Aber …«, Erol hielt inne. »Okay, vielleicht wird Traum nicht wahr.«

»Genau.«

»Aber vielleicht schon«, sagte Erol und lachte.

»1, 2, 3, 4, 5, 6«, sagte Tom.

»Was?«

»Das waren die Zahlen, jetzt fällt es mir wieder ein. 1, 2, 3, 4, 5, 6.«

»Klingen nicht wie Gewinnerzahlen, aber nehmen wir«, sagte Toni.

»Kommen niemals«, sagte Erol, »Verschwendung.«

»Aber stell dir vor, das sind die richtigen Zahlen, und wir spielen sie nicht«, sagte Toni. »Dann ergeht es uns wie der dicken Karen.«

Sie alle kannten die Geschichte von der dicken Karen. Jahrelang hatte sie jeden Samstag den gleichen Schein gespielt. Drei Reihen mit Zusatzzahl. Die dicke Karen hatte mit ihren Brüdern in einer der Sozialwohnungen nicht weit von Grubers Tabacchi gewohnt. Ein einziges Mal hatte Karen ihren Schein nicht gespielt und das Lottogeld für Gyros mit Fritten ausgegeben. Und dann kamen ihre Zahlen. Die dicke Karen war zuerst traurig, dann wütend, und schließlich ist sie verrückt geworden. Richtig verrückt. Ihre Brüder mussten sie in eine geschlossene Psychiatrie einliefern. Und da ist die dicke Karen noch heute.

»Gut«, sagte Tom. »1, 2, 3, 4, 5, 6.«

Sie füllten einen Schein nach dem anderen aus, tranken

und rauchten. Ihre Stimmen wurden lauter, und ihr Lachen wurde ausgelassener.

4

Seid mal still«, sagte Tom.

Obwohl Ladentür und Schaufenster aus schalldichtem, isoliertem Glas waren, waren das Klopfen und Gülens Stimme deutlich zu hören.

»Erol. Ich weiß, dass du da drin bist.«

»Oh nein«, sagte Erol und drückte sein Zigarillo aus.

Toni stand auf.

»Sag, ich nicht da«, bat Erol.

»Dein Auto steht direkt vor dem Laden«, antwortete Toni und ging zur Tür. Er schloss auf.

»Gülen, guten Abend.«

»Toni«, sagte sie und marschierte an ihm vorbei.

Gülen war Erols Frau, Friseurmeisterin mit eigenem Salon. Sie war klein und zierlich, doch von ihr ging eine Kraft aus, die man sofort spürte. Erol sackte auf dem Mittelplatz der Flugzeugsitzreihe zusammen. Tom und Sebastian betrachteten die Bierflasche in ihren Händen und wichen Gülens Blick aus.

»Du sitzt hier und trinkst, und dein Sohn hat eine Fünf in Mathe, eine Fünf in Soziologie und eine Fünf in Deutsch. Dein Sohn wird niemals das Abitur schaffen und auf der Straße landen.«

»Ach, Gülen«, sagte Erol, »nicht so viel Stress. Berkan guter Junge. Berkan werden Podolski. Stürmer FC. Was sollen Berkan mit Abitur?«

»Bravo. Ganz toll, Erol. Weißt du, wie viele Jungs zum FC wollen? Und weißt du, wie viele es schaffen? Weißt du ...«

»Gülen, tu nicht so, als ob du Ahnung haben von Fußball«, fiel Erol ihr ins Wort.

»Du kommst jetzt nach Hause und redest mit Berkan.«

»Was sollen ich denn sagen?«

»Dass er keine Fünfen mehr nach Hause bringen darf. Drohen. Hausarrest. PlayStation wegnehmen.«

»Puh.« Erol seufzte.

»Nichts puh«, sagte sie.

»Ist ja gut.« Erol stand auf. »Also, dann gehen ich jetzt Hause und verprügeln Berkan. Oder Beine brechen.« Er lachte. Die anderen lachten mit, nur Gülen verzog keine Miene.

»Ich muss auch los«, sagte Sebastian. »Kirsten«, fügte er als Erklärung hinzu. Sebastian stand auf. »Toni, kann ich noch ein Päckchen Kaugummi kaufen?«

»Greif zu.«

»Schreib es an, ich zahle beim nächsten Mal.«

»Geht auf's Haus«, sagte Toni.

Sebastian nahm sich ein Päckchen Orbit. »Kirsten«, sagte er, öffnete es und steckte sich drei Kaugummis auf einmal in den Mund.

Tom schwang eine imaginäre Peitsche durch die Luft.

»Vorsichtig, Tom«, sagte Gülen. Dann wandte sie sich Sebastian zu. »Den Rauch kann man trotzdem riechen.«

Toni brachte die drei zur Tür.

»Noch ein Bier?«, fragte Tom, als Toni wieder auf seinem Stuhl saß.

»Ja.«

Tom holte zwei Flaschen aus dem Kühlschrank. Sie stießen an.

»Auf uns freie Männer«, sagte Tom. »Ich bin froh, dass ich Helen los bin. Die konnte einen auch ganz schön terrorisieren.«

»Helen?«, fragte Toni.

»Meine letzte ernsthafte Beziehung. Ist schon ein paar Jahre her. War vor der Tippgemeinschaft.«

Einen Moment lang schwiegen sie.

»Weißt du, manchmal wünsche ich mir jemanden, der mir sagt, ich soll nach Hause kommen«, sagte Toni.

»Du bist doch zu Hause.«

»Du weißt, was ich meine.«

»Eine Frau«, sagte Tom.

Toni nickte.

»Dann mach es«, sagte Tom.

»Was machen?«

»Dir eine Frau suchen.«

Toni lachte. »Wo denn?«

»Im Internet. Onlinedating.«

Toni schüttelte den Kopf. »Das … das ist doch nur was für junge Leute. Das Internet.«

»Nee. Meine Mutter macht das seit Jahren.«

»Ich weiß nicht …«

»Warum denn nicht? Komm, Toni, wir machen dir ein Profil.«

5

Toni hatte im Großhandel vier Boxen Weingummi gekauft: Frösche, Schlümpfe, saure Zungen und Salinos. Außerdem jeweils einen Karton Snickers, Twix und Milky Way. Ein bescheidenes Sortiment. Aber die Gewinnspanne war niedrig, da er nur kleine Mengen einkaufen konnte. Manchmal verging ein ganzer Monat, ohne dass er auch nur einen Schokoriegel verkaufte. Früher hatte er eine dieser Plastikarmaturen mit 25 Fächern gehabt. 25 verschiedene Sorten Weingummis und Lakritzen für zehn Pfennig das Stück. Die weißen Mäuse und Lakritzschnecken musste er regelmäßig wegschmeißen, weil sie hart geworden waren. Und in einem Sommer hatten Fruchtfliegen die Plastikarmatur zu ihrem zu Hause erklärt. Toni hatte das ganze Ding samt Inhalt in den Müll geschmissen. Als die Kinder, die immer bei Toni ihre gemischten Tüten gekauft hatten, enttäuscht den Laden verließen, beschloss er, immer vier Boxen seiner Bestseller Frösche, Schlümpfe, saure Zungen und Salinos, dazuhaben. Fünf Cent das Stück, er gab immer einen extra Frosch.

Er kannte die Kinder beim Namen, die meisten wohnten in den Sozialbauten um die Ecke. Vier mehrstöckige Häuser, die wie gelbe Bauklötze aussahen. Gegenüber der Wohnanlage war eine Immobilienfirma ansässig. Ein gläsernes Gebäude, in dem sich die gelben Klötze spiegelten.

Toni stellte die Kartons mit den Schokoriegeln auf den Tresen. Er dachte an sein Internetprofil, daran, dass vielleicht jetzt in diesem Moment eine Fremde sein Foto betrachtete, während er hier in seinem Laden stand! Faszinierend und ein bisschen beängstigend zugleich.

Die Tür ging auf. Eine junge Frau mit fettigen Haaren und einem blassen Baby auf dem Arm kam herein. Neben ihr ging ein kleines Mädchen, das eine Plastiktüte trug.

»Hallo Nathalie«, sagte Toni zu dem Kind.

»Hallo«, sagte das Mädchen.

»Tag, Herr Gruber«, sagte die Frau. Sie roch stark nach Alkohol.

»Hallo Frau Striegel.«

»Eine Marlboro, bitte«, sagte sie zu Toni, und dann zu dem Mädchen: »Natta, gib dat Geld.«

Nathalie legte die Plastiktüte auf den Tisch.

»Habe es gezählt«, sagte sie.

Toni warf einen Blick in die Tüte, die voller Ein- und Zweicentstücke war. Er holte die Zigaretten aus dem Regal.

»Und einen Frosch, bitte. Ich hab's gezählt«, sagte Nathalie.

Toni füllte ein Papiertütchen mit fünf Fröschen und reichte es über die Theke.

Als die drei den Laden verlassen hatten, kam ein Mann im Anzug herein. Dunkelbraune zurückgegelte Haare.

»Guten Tag, Herr Gruber«, sagte er.

»Guten Tag, Herr Bertram«, sagte Toni. Herr Bertram arbeitete für die Immobilienfirma.

»Haben Sie die Frau mit dem Baby gesehen?«, fragte er.

»Frau Striegel«, sagte Toni.

Herr Bertram schüttelte angewidert den Kopf. »Schon am helllichten Tag betrunken. Und das mit zwei kleinen Kindern. Dafür bezahlen wir Steuern.«

Toni lächelte. »Sie hat es nicht leicht.«

»Ich und Sie, Herr Gruber, wir arbeiten, rackern uns ab. Und die ... die trinken. Und der Staat finanziert das mit unserm Geld.«

»Ich ... ich möchte nicht tauschen«, sagte Toni. »Und die kleine Nathalie ist ein kluges, ein ... ein ganz wunderbares Kind.«

Herr Bertram lachte. »Herr Gruber, Sie sind viel zu verständnisvoll. Die Sozialwohnungen hier sollte man abreißen. Wäre eine tolle Gegend ohne das Gesocks. Nah am Stadion. In zwanzig Minuten ist man mit der Bahn am Dom ...«

Toni sagte nichts, er lächelte nur. Das »Gesocks«, wie Herr Bertram es nannte, waren Tonis treueste Kunden. Auch wenn sie am Monatsende manchmal mit Centstücken bezahlten oder anschreiben lassen mussten und ihre Rechnung erst Wochen später beglichen. In den Bauklötzen war es wie überall: Es gab gute und schlechte Menschen.

»Ihr Haus, ihr Laden würde im Wert steigen, wenn man diese ganze Anlage abreißen und einen schönen Bürokomplex bauen würde.«

»Irgendwo müssen die Leute doch wohnen«, sagte Toni.

»Die sollen arbeiten gehen«, begann Herr Bertram seine nächste Tirade. Aber Toni hörte nicht mehr zu, seine Gedanken wanderten zurück in das World Wide Web. Zu seinem Foto, das jetzt in diesem virtuellen Raum existierte und vielleicht in diesem Moment von einer Fremden betrachtet wurde, während er hier in seinem Laden stand.

6

Ursula, 53, Beamtin im öffentlichen Dienst. Interessen: Natur, Katzen, Wandern, gute Gespräche, guter Wein. Auf der Suche nach Freundschaft und eventuell mehr. Sie war die Erste, die auf Tonis Profil reagierte.

Lieber Anton,

ich glaube, wir haben viele Gemeinsamkeiten. Ich würde Dich gern kennenlernen. Auf ein Glas Wein?

Ursula

Ursulas Gesicht war auf dem Foto nicht zu erkennen. Berge, ein bedeckter Himmel und ganz klein, in der linken Ecke, ein Mensch – Ursula in Wandermontur.

Toni fragte sich, warum Ursula glaubte, dass sie viele Gemeinsamkeiten hätten. Katzen waren ihm egal. Wein trank Toni nur, wenn es kein Bier gab. Ja, er mochte die Natur. Aber kann man die Natur nicht mögen?

Als Hobby hatte Toni Angeln angegeben. Angeln und Wandern fanden zwar beide draußen statt – in der Natur –, hatten ansonsten aber wenig miteinander zu tun. Das Schöne am Angeln war, dass man sich kaum bewegen musste. Man saß auf einem Stuhl und trank Bier.

Trotzdem antwortete Toni ihr sofort, alles andere wäre ihm unhöflich vorgekommen. Es folgte ein kurzer E-Mail-Wechsel, und dann stand auch schon die erste

Verabredung fest. Ursula hatte Ort, Tag und Uhrzeit bestimmt.

Toni war 15 Minuten zu früh. In dem italienischen Restaurant war er noch nie gewesen, er ging nur selten essen.

Dämmeriges Licht. Die Einrichtung ganz aus dunklem Holz. Etwa die Hälfte der zwanzig Tische war belegt. Ausschließlich Pärchen. Der Kellner trug eine bodenlange weiße Schürze und sah sehr italienisch aus.

Toni wählte einen Tisch in der hinteren Ecke. Er war nervös. Seine letzte Verabredung mit einer Frau war lange her. Obwohl Toni nicht wusste, wie Ursula aussah – er hatte nicht nach einem anderen Foto gefragt –, erkannte er sie sofort. Blonde kinnlange Haare, mittelgroß, nicht dick, nicht dünn. Graue Hose, grüne Bluse und eine Brille im Stil der sechziger Jahre.

Mit einer etwas unbeholfenen Umarmung begrüßten sie einander. Tonis Lippen berührten aus Versehen ihr rechtes Ohr. Ursula roch nach Orchideen.

»Das ist ja schön«, sagte sie.

Toni wusste nicht, was genau sie schön fand. Ihn? Den Tisch, den er ausgewählt hatte? Das Restaurant, das sie ausgesucht hatte?

»Ja«, sagte er, »sehr schön.« Seine Hände schwitzten, und er überlegte, was er sagen oder fragen sollte.

Der Kellner erlöste ihn, stellte eine Karaffe Wasser auf den Tisch und reichte ihnen die Karten.

»Was sollen wir Schönes trinken?«, fragte Ursula. Schön war anscheinend ein Wort, das sie gern benutzte.

»Mmmh«, machte Toni.

»Dann nehmen wir eine Flasche von dem Merlot. Der ist schön trocken«, sagte sie.

»Ja«, sagte Toni.

Sie bestellte Farfalle ai Funghi, er Lasagne.

»Wir sagen Du, nicht wahr?«, fragte Ursula.

»Ja.«

»Du hast also ein Geschäft?«

»Tabakwaren, Zeitschriften, Schreibwaren, Lottoannahmestelle«, sagte Toni. Er wünschte sich, dass er lockerer klingen würde.

»Das ist ja schön«, sagte sie.

»Ja … Na ja … Nicht einfach in der heutigen Zeit«, sagte er und dachte: Ich klinge wie ein Waschlappen. »Aber es geht. Lotto … Solange die Leute ans Glück glauben.«

Vielleicht hätte er die weißen Haare auf ihrer Bluse nicht bemerkt, aber Ursula entfernte sie mit spitzen Fingern und sagte: »Minka haart ganz entsetzlich.«

»Minka ist deine Katze?«, fragte er.

»Eine meiner Katzen. Minka, Debby, Knöpfchen, Giselle, Flora, Felix, Karl, Prinzessin, Jaguar, Simon, Tini, Bulli, Schnäuzchen, Bär, Lola, Teddy und Olivia.«

»Das … das sind eine Menge Katzen.«

»Siebzehn. Es waren achtzehn, aber Victor ist vor vier Tagen gestorben.«

»Oh«, sagte Toni, »das tut mir leid. War … war er alt?«

»Nein.« In Ursulas Augen schimmerten Tränen.

Sollte er das Thema wechseln oder fragen, was Viktor zugestoßen war? Er konnte sich nicht entscheiden. Die Stille wurde unangenehm.

»Ich hatte mal einen Hund«, sagte Toni schließlich. »Er ist gestorben, als ich noch klein war, und … und er auch, er war auch noch klein, also jung.« Das war eine Lüge, Toni hatte nie einen Hund gehabt. Aber vielleicht konnte er so eine Art Verbundenheit herstellen. So von Tierbesitzer zu Tierbesitzer.

»Ich mag Hunde nicht besonders«, sagte Ursula. »Ich bin ein absoluter Katzenmensch.«

»Aha«, sagte Toni.

Der Kellner kam mit dem Merlot. »Wer möchte probieren?«, fragte er und entkorkte die Flasche.

»Die Dame«, sagte Toni.

Ursula roch an dem Glas, nahm einen kleinen Schluck. »Sehr schön«, sagte sie.

Der Kellner schenkte ein, und Toni leerte sein Glas in einem Zug.

»Schön«, sagte er.

»Wie hieß er?«, fragte Ursula.

»Wer?«

»Dein Hund?«

»Oh, er … er hieß Man… Manfred.«

Und dann kam das Essen.

In den nächsten zwanzig Minuten erfuhr Anton alles über Ursulas siebzehn Katzen. Debby, Schnäuzchen und Jaguar waren Geschwister. Knöpfchen hatte Ursula von einem Bauernhof in Österreich adoptiert. Lola hatte Allergien. Bär konnte tanzen. Prinzessin war die Älteste, aß nur Hühnchen und gekochte Möhren.

Während Ursula redete, fragte Anton sich, ob er Ursula attraktiv fand. Er fand sie zumindest nicht unattraktiv. Würde er gern neben ihr aufwachen? Mit ihr in den Urlaub fahren? Könnte er sich in Ursula verlieben? Verliebte man sich überhaupt noch in seinem Alter?

Anton übernahm die Rechnung. Dann standen sie vor der Tür des Restaurants.

»Ich wohne gleich hier um die Ecke. Wie wäre es mit einem Schlummertrunk bei mir?«

In Ursulas Wohnung roch es nach Orchideen und Katzen. Primär nach Katzen.

Sie waren überall, saßen in Regalen, auf der Fensterbank, auf dem Sofa, unterm Tisch. Ein riesiger schwarzer Kater sprang auf Antons Schoß.

»Also, das ist ja schön«, sagte Ursula. »Felix ist normalerweise überhaupt nicht zutraulich, und jetzt schau dir das an.«

Das Biest, das auf Anton saß und seine Krallen wetzte, war dann wohl Felix.

Ursula öffnete eine Flasche Wein, reichte Anton ein Glas.

»Beweg dich nicht, das ist zu schön«, sagte sie.

»Gehen denn Katzen nicht Mäuse jagen, wenn es dunkel ist?«

Ursula lachte. »Das sind Hauskatzen.«

»Sie gehen nie raus?«

»Nein.«

Eine zweite Katze machte es sich auf Anton bequem.

»Das ist Prinzessin«, sagte Ursula.

Anton wollte aufstehen, wollte nach Hause, aber er fand nicht den richtigen Moment. Ursula goss Wein nach und redete. Anton hörte nicht mehr zu. Zwei Katzen lagen auf ihm, eine streifte um seine Waden, eine andere saß direkt hinter ihm auf der Sofalehne. Und dann fasste ihn etwas am Ellbogen – Ursula. In ihrer Stimme ein leichtes Lallen.

»Man sehnt sich ja schon nach etwas Zärtlichkeit.« Ihr Gesicht war ganz nah an seinem.

»Ursula, es tut mir leid … Ich muss … ich muss jetzt wirklich nach Hause.«

Er stand auf. Felix, Prinzessin und Ursula sahen verwirrt aus. Aber Anton hatte Antworten auf seine Fragen gefunden. Er wollte nicht neben Ursula aufwachen, nicht mit ihr in den Urlaub fahren, er könnte sich nicht in sie verlieben. Und siebzehn Katzen waren zu viel.

7

Irina, 48, Hebamme, gebürtige Russin, Raucherin, keine Kinder, keine Hobbys, keine Haustiere.

Toni suchte das Restaurant aus. Er hatte sich Fragen zurechtgelegt und Antworten auf Fragen, die sie vielleicht stellen würde. Irina schüttelte ihm zur Begrüßung die Hand.

»Ich freue mich, dass wir uns kennenlernen«, sagte er.

Sie nickte.

Anton stellte seine Fragen. Irina antwortete mit »Ja«, das wie »Da« klang, oder »Na«, was »Nein« bedeutete. Nicht mal einen Halbsatz fügte sie hinzu.

Irina aß schnell und konzentriert. Nach dem Essen gingen sie nach draußen und rauchten eine Zigarette, schweigend.

»Dessert?«, fragte er, als sie wieder am Tisch saßen.

»Da«, sagte sie.

Beide entschieden sich für Apfel-Streusel-Kuchen mit Sahne.

»Schmeckt es dir?«, fragte Anton.

»Kuchen lecker«, sagte Irina.

Er freute sich, dass sie mehr als »Da« oder »Na« gesagt hatte.

Als ihr Teller leer war, stand Irina auf.

»Ich muss jetzt nach Hause«, sagte sie und schüttelte zum Abschied Antons Hand.

Er übernahm die Rechnung.

Manuela, 43
Beruf: keinen
Hobbys: 1. FC Köln
Haustier: Fische
Kinder: Erwachsen
Was ich mag? 1. FC Köln
Was ich nicht mag? Düsseldorf

Auf ihrem Profilfoto hatte Manuela lange hellbraune Haare, trug enge Jeans und ein weißes Unterhemd. Um den Hals einen FC-Schal. Sie hielt eine Dose Früh-Kölsch in der Hand und lachte. Sie sah wesentlich jünger aus als 43. Fast schon zu jung, dachte Anton.

Manuela schlug ein Treffen im Brunnen vor, einer Kneipe nicht weit von Grubers Tabacchi. Anton kannte den Brunnen. Hier wurde das Nichtrauchergesetz ignoriert. Es gab einen Spielautomaten und eine Jukebox – deutsche Schlager und Karnevalsmusik. Bier und Schnaps waren billig, bezahlt wurde in bar.

Als Anton den Brunnen betrat, suchte er nach der Frau mit den langen hellbraunen Haaren. Jemand klopfte ihm auf die Schulter, er drehte sich um.

»Mensch, Anton.«

»Ja?«

»Ich bin's, Ela, Manuela.«

Ihre wasserstoffblonden Haare waren kurz und mit Gel hochgekämmt. Sie war so groß wie er, aber sicher 30 Kilo schwerer. Manuela trug eine zu enge Jeans, ein babyblaues Sweatshirt mit der Aufschrift *Superwoman* und einen FC-Schal um den Hals. Sie sah älter aus als 43.

»Hallo«, sagte er.

Manuela drückte ihn an sich, Anton bekam kaum Luft. Dann ließ sie ihn endlich los und führte ihn an die Bar.

»Jürgen, mach mal zwei große Kölsch und zwei Schnäpschen«, sagte sie zu dem Mann hinter dem Tresen.

»Erst bezahlen, Ela«, sagte er.

»Jürgen, wat soll dat denn?«

»Ich hab's dir gesagt, Ela, anschreiben ist nicht mehr.«

»Alter Spießer.« Dann wandte sie sich an Anton: »Kannste übernehmen?«

»Natürlich«, sagte Anton und bezahlte.

Ela zündete sich eine Zigarette an. »Jetzt erzähl mal. Du bist der Gruber. Hier Lotto und Zigaretten und so.«

»Ja«, sagte Toni. »Tabakwaren, Zeitschriften, Schreibwaren, Lottoannahmestelle.«

»Gehört dir, ja?«

»Ja.«

»Kriegste gute Prozente auf Kippen?«

Toni sah sie fragend an.

»Na, kriegste die billiger?«

»Ja ... Also ... Nein ... Die Gewinnspanne ist ziemlich gering.«

»Aber kannste mir die billiger geben, wenn ich zu dir komme? Scheiße teuer geworden, kannste denen schöne Grüße von der Ela sagen, ist 'ne Sauerei.«

»Mach ich«, sagte Anton.

»Und bist nicht verheiratet?«

»Nein.«

»Und keine Kinder?«

»Nein.«

»Ich hab zwei, aber die sind schon lange aus'm Haus.

Die Biene und der Marco. Die Biene und ich – Funkstille. Und mit Marco ist's auch schwierig. Der hat so 'ne Ossi geheiratet. Fiese Möp, sag' ich dir. Und verstehste kein Wort, wenn die redet. Dat is 'ne fiese Sprache, wat die Ossis da haben.«

»Jürgen, gibste noch mal zwei und zwei. Machste mal, Anton?«

»Natürlich«, sagte Anton.

Fünf Bier und fünf Schnäpse später ließ sich Ela zwei Euro von Anton geben und fütterte die Jukebox.

Erstes Lied: »Es gibt kein Bier auf Hawaii«.

Manuela setzte sich wieder auf den Barhocker.

»Komm, schunkeln«, sagte sie und hakte sich bei Toni ein.

Zweites Lied: *Viva Colonia.* Manuela stand auf, sang lauthals mit und hielt ihren FC-Schal in die Höhe.

»*Da simmer dabei! Dat es prima! Viva Colonia! Wir lieben das Leben, die Liebe und die Lust, wir glauben an den lieben Gott und han auch immer Durst!* Mach noch mal zwei zwei, Jürgen. Wir haben Durst.«

Als Manuelas drittes Lied lief, zog sie Toni von dem Barhocker.

»Komm, Junge, tanzen. Hier Klammerblues.«

Nino de Angelo sang *Jenseits von Eden.* Manuela legte Tonis Hände auf ihre Hüften und schlang ihre Arme um seinen Hals.

»Wenn de mir Zigaretten für billig gibst, blas ich dir einen«, flüsterte sie in sein Ohr.

8

So schnell kannst du nicht aufgeben«, sagte Tom.

Es war Freitagabend, die Tippgemeinschaft Jackpot saß in Grubers Tabacchi.

»Was heißt denn schnell? Drei Treffen, und alle drei waren schrecklich«, sagte Toni.

»Wenn ich Kirsten heute kennenlernen würde, fände ich sie auch schrecklich«, sagte Sebastian.

Erol lachte. »Wenn die das hören ...«

Sebastian zündete sich ein Zigarillo an. »Ich meine ja nur: Früher war sie anders, oder ich war anders. Ich kann ihr nichts recht machen.«

»Für Gülen ist auch nie richtig, was ich machen. Aber ich lieben mein Frau. Und würden mich immer wieder verlieben in Gülen«, sagte Erol.

»Kirsten designt jetzt Schmuck. Sie zeichnet Ketten. Und dann fertigt eine Goldschmiedin die dilettantischen Entwürfe für ein Vermögen an. Und ich bezahle, was okay ist, aber dass ich auch noch begeistert sein soll ...

Ich sei keine Unterstützung, hat Kirsten gesagt.

Und ich habe gesagt: Ich bezahle doch.

Und dann hat sie gesagt, ich sei keine moralische Unterstützung.

Für was?, habe ich gefragt.

Für ihr Business.

Wie ihr Business denn so laufe, habe ich gefragt.

Sie habe schon eine Kette verkauft.

An wen?, habe ich gefragt.

An meine Mutter, hat sie gesagt.

Für wie viel?, habe ich gefragt.

Und dann hat sie mir vorgeworfen, ich würde immer nur ans Geld denken und ob ich etwa von ihr erwarten würde, dass sie ihrer eigenen Mutter eine Rechnung schreibt?

Also hast du deiner Mutter eine Kette geschenkt, habe ich gesagt. Das war vor drei Tagen, seitdem redet sie kaum noch mit mir«, sagte Sebastian.

»Na dann Prost«, sagte Anton.

»Prost«, sagten die anderen.

»Toni soll ja niemanden heiraten, einfach ein bisschen Spaß haben«, sagte Tom.

»Bisher hatte ich keinen Spaß«, sagte Toni. »Bier?«

»Ja«, sagten die anderen, und Toni holte vier Kölsch.

»Lass uns noch ein paar Scheine ausfüllen«, sagte Sebastian und zog einen Hunderter aus der Tasche. »Geht auf mich.«

»Da will jemand gewinnen«, sagte Tom.

»Dringend. Die Praxis verkaufen, ein kleines Boot chartern und dann ein Jahr lang um die Welt segeln.«

»Mit Kirsten und Mia?«, fragte Tom.

»Nein. Mia muss in die Schule. Und Kirsten kann dann Schmuck designen, Pilates und weiß der Henker was noch machen.«

»Was ist Pi-dingsda?«, fragte Erol.

»Ein Hobby«, sagte Sebastian. »Wie Angeln.«

»Ah«, machte Erol, »Gülen geht Zumba.«

Um kurz nach elf saß Toni allein in seinem Laden, er

schaltete den Computer an. Obwohl er wirklich keine Lust auf eine weitere Verabredung hatte, ging er auf die Onlinedating-Seite. Er hatte zwei neue Nachrichten.

Eine von Manuela:

Anton! Kommste heute in den Brunnen?

Und eine von Greta S.:

Lieber Anton,

ich bin relativ neu hier. Nach zwei katastrophalen Treffen und Dutzender Nachrichten von – wie es scheint – Verrückten wollte ich heute mein Profil löschen. Doch dann habe ich Dein Foto entdeckt. Zuerst dachte ich, wir kennen uns. Ich habe lange darüber nachgedacht, wo wir uns vielleicht einmal begegnet sind. Aber wir kennen uns nicht. Wir sind uns nie begegnet.

Erinnert er mich an jemanden?, habe ich mich gefragt. Nein, Du siehst niemandem ähnlich, den ich kenne. Und doch erinnerst Du mich – nicht an jemanden, sondern an etwas, ein Gefühl, einen Zustand. Ich kann nicht genau beschreiben, was ich damit meine … Glück ist ein großes Wort.

Lieber Anton, ich bin mir nicht sicher, ob ich diese Zeilen an Dich senden werde oder einfach wie geplant mein Profil lösche …

Greta

Toni las Gretas Nachricht viele Male. Ihre Worte berührten ihn. Greta klang anders als die Frauen, die ihn bisher angeschrieben hatten. Er betrachtete ihr Foto. Ein verschwommenes Porträt. Sie sah irgendwie vornehm aus, adelig. Toni konnte sie sich an einem französischen Königshof in einem längst vergangenen Jahrhundert vorstellen.

Liebe Greta,

ich freue mich, dass Du die Nachricht abgeschickt hast. Auch ich habe beschlossen, dass dieses Internet nichts für mich ist. Aber Dich würde ich sehr gern kennenlernen.

Anton

9

Sie trafen sich am Stadtwald. Ein Spaziergang. Am Sonntag. Es war ihr Vorschlag gewesen.

Sie trug ein langes beiges Kleid, darüber einen braunen Wildledermantel mit Fellkragen. Ihr dunkelbraunes Haar war zu einem Dutt hochgesteckt. Greta war 47, doch sie schien alterslos, zeitlos. Tonis Herz schlug schneller, als sie ihm die Hand reichte.

Frauen wie Greta kamen nicht in Grubers Tabacchi, sie gingen nicht in die Kneipen, die Toni frequentierte, und kauften nicht in den gleichen Geschäften ein wie er. Einen Moment lang kam sich Toni schäbig vor, aber die Art, wie Greta ihn anlächelte, ließ dieses ungute Gefühl sofort verschwinden.

»Unser erstes Treffen steht unter einem guten Stern«, sagte sie. »Es war Regen angesagt, und jetzt scheint die Sonne.«

In Tonis Laden lief immer das Radio. Stündliche Nachrichten und der Wetterbericht. Es war kein Regen angesagt, weder für heute noch für den Rest der Woche. Milde Temperaturen im April, aber er sagte: »Ja, ein gutes Omen.«

Greta hakte sich bei ihm ein, und sie gingen los. »Also, Anton, was macht jemand wie du auf einer Onlinedating-Seite?«

»Ich … Wie meinst du das?«

»Na ja. Du lernst doch sicher ständig Frauen kennen?«

Toni spürte, wie er rot wurde. »Ich … ein Freund hat mich überredet.«

»Dann richte deinem Freund meinen Dank aus, ohne das Internet hätte ich dich nicht gefunden.« Bevor er fragen konnte, was jemand wie Greta auf einer Onlinedating-Seite machte, fuhr sie fort: »Warst du jemals verheiratet?«

»Nein … Fast … einmal.«

»Was ist passiert?«

»Sie … sie hat mich verlassen. Mit dem Laden … ich kann nie weg. Nur im Sommer, eine Woche. Sie wollte ein anderes Leben. Vier Wochen Meer im Sommer und zwei Wochen Berge im Winter. Sie mochte weder das Haus noch mein Geschäft.«

Toni dachte nicht gern an Elisabeth. Er hatte Jahre gebraucht, um über sie hinwegzukommen.

»Und du?«, fragte er. »Warst du schon mal verheiratet?«

»Ja. Zweimal. Das letzte Mal ist nicht lange her. Er …« Sie schüttelte den Kopf, ihre Stimme zitterte. »Er lässt mich nicht in Ruhe. Er ist gewalttätig. Ich habe Angst vor ihm.«

Toni überlegte kurz. »Warst du bei der Polizei?«

»Nein. Das würde alles nur noch schlimmer machen.«

»Die können ein Kontaktverbot erlassen. Dann muss er dich in Ruhe lassen.«

Greta schüttelte den Kopf. »Das würde ihn nicht aufhalten.«

»Aber …«

»Du kennst ihn nicht«, sagte sie. »Er ist … ach, lass uns von etwas anderem reden. Du angelst, ja?«

»Ja.«

»Ich würde gern mal mit dir angeln gehen.«

»Wirklich?«

»Ich stelle mir das sehr beruhigend vor. Am Wasser sitzen und warten.«

Toni dachte an Elisabeth. Er hatte versucht, sie für das Angeln zu begeistern. Es war ein Fiasko gewesen. Sie wollte reden oder zumindest Radio hören.

»Man muss ganz still sein«, sagte er.

»Natürlich, sonst verjagt man die Fische, nicht wahr?«

Toni nickte. »Mein Vater hat mir das Angeln beigebracht.«

»Lebt er noch?«

»Nein.«

»Und deine Mutter?«

»Sie ist gestorben, als ich noch ein Kind war. Ich kann mich kaum an sie erinnern. Und deine Eltern?«, fragte er.

»Tot«, sagte sie.

»Hast du Kinder?«

Sie schüttelte den Kopf. »Du?«

»Nein. Keine Kinder. Keine Eltern, keine Geschwister.«

»Wie ich. Wir sind ganz allein auf der Welt, Anton.« Sie drückte seinen Arm.

Obwohl das eigentlich ein trauriger Gedanke war, spürte Toni eine tiefe Freude.

Vier Stunden dauerte ihr Spaziergang. Es war so einfach, sich mit Greta zu unterhalten. Über Bedeutendes und Unbedeutendes. Und auch schweigen konnte man mit ihr. Sicher zwanzig Minuten saßen sie auf einer Parkbank und hielten ihre Gesichter in die Aprilsonne. Es war eine schöne Stille. Anton fühlte etwas, das er seit der Anfangszeit mit Elisabeth nicht mehr gespürt hatte.

Bevor sie sich verabschiedeten, machten sie ihr nächstes Treffen aus. Die Alte Liebe, ein Hausboot mit Gastronomiebetrieb am Rhein. Es war ihr Vorschlag.

»Ich war noch nie dort«, sagte Greta, »aber ich mag den Namen.«

»Ja«, sagte Anton. Er war bereit, alles, was Greta mochte, auch zu mögen.

»Und ich liebe Hausboote.«

»Ja«, sagte Anton.

10

Sanft schaukelte die Alte Liebe. Der Himmel war bedeckt, trotzdem trug Greta eine Sonnenbrille. Sie tranken Kaffee und aßen Kuchen.

»Warum Tabacchi?«, fragte Greta. »Hast du italienische Wurzeln?«

»Nein. Mein Vater hat den Laden nach einem Italienurlaub von Grubers Laden in Grubers Tabacchi umbenannt. Er mochte den Klang und Italien. Wir waren zweimal dort. Im Norden. Ich war ein Kind, meine Mutter lebte noch. Ich kann mich an nichts erinnern. Nur an den See. Mein Vater wollte zurück, jeden Sommer.«

»Aber?«, fragte Greta.

»Ich weiß es nicht. Der Tod meiner Mutter, der Laden, Stress … ›Nächstes Jahr fahren wir bestimmt‹, hat er immer gesagt. Mir war es egal. Ich war sogar erleichtert. Wir haben uns gut verstanden, mein Vater und ich. Aber es war nie unbefangen«, sagte Toni und wunderte sich, dass er Greta solche Sachen erzählen, dass er sie überhaupt in Worte fassen konnte. »Genug von mir«, sagte er schnell und fragte Greta nach ihrer Vergangenheit.

Sie hat in einer Zahnarztpraxis am Empfang gearbeitet und dann bei einem Immobilienmakler. Ihr zweiter Mann wollte nicht, dass sie arbeitete, deshalb hat sie gekündigt.

»Er war eifersüchtig. Er ist eifersüchtig. Er ist … Ich

bin vier Mal umgezogen seit unserer Trennung. Aber er findet mich. Manchmal habe ich Angst, dass er … dass er mir etwas antun wird.«

»Du musst zur Polizei«, sagte Toni.

»Die Polizei kann mir nicht helfen. Er ist ein sehr einflussreicher Mann.«

»Aber das Gesetz ist das Gesetz«, sagte Toni. »Die Polizei muss dir helfen.«

Greta schüttelte den Kopf »Er ist ein einflussreicher Mann«, wiederholte sie und trank einen Schluck Kaffee. »Bin ich ein schlechter Mensch, wenn ich mir wünsche, dass ihm etwas Schreckliches passiert?«

»Nein«, sagte Toni.

»Jeden Abend bete ich, dass er tot umfällt«, sagte sie leise.

Toni nickte. »Kann ich verstehen.«

»Danke«, sagte Greta.

»Wofür?«

»Dass du mich nicht verurteilst.«

»Dich? Er ist es doch … Ihn verurteile ich«, sagte Toni bestimmt.

Greta nahm ihre Sonnenbrille ab, setzte sie sofort wieder auf. Toni hatte trotzdem ihr blaues Auge gesehen.

»Hat er …?«

»Ja«, sagte sie.

»Ich könnte diesen Kerl …« Toni ballte seine Hand zur Faust.

»Jedenfalls überlege ich, wieder bei dem Immobilienmakler anzufangen«, wechselte Greta das Thema.

Toni wollte noch einmal vorschlagen, zur Polizei zu gehen, und anbieten, sie zu begleiten. Aber er schwieg. Es war wahrscheinlich schwer für Greta, über das Ganze zu reden.

»Es ist wunderbar, wenn man jemandem hilft, das perfekte Haus zu finden«, sagte sie. »Ein Zuhause.«

Toni dachte an sein Haus, das so dringend eine Renovierung benötigte, die er sich nicht leisten konnte. Doch trotz aller Mängel war dieses Haus sein Zuhause. Er fragte sich, ob es Greta gefallen würde. Elisabeth hatte das Haus nicht gemocht. Und damals war es weitaus besser in Schuss gewesen als heute. Aber Elisabeths Abneigung gegen das Haus hatte wahrscheinlich mehr mit dem Leben zu tun, das sie geführt hatten, als mit dem Gebäude selbst. Und wenn Toni ganz ehrlich zu sich war, war er es gewesen, den Elisabeth letztendlich nicht hatte ausstehen können. Sie hatten nicht zusammengepasst. Aber Toni hatte Elisabeth geliebt, und zumindest anfangs sie auch ihn oder eine Version von ihm. Vielleicht hatte er sich zu sehr als erfolgreichen Geschäftsmann gegeben und Grubers Tabacchi als den Beginn von etwas Größerem beschrieben. Wenn er Elisabeth ehrlich gesagt hätte, was er schon damals geahnt hatte – dass der Laden und das Haus ihr Leben waren –, hätte sie sich gar nicht erst auf ihn eingelassen. Das war sein Fehler gewesen, der Fehler eines jungen Mannes.

»Mein Haus benötigt eine Menge Renovierungsarbeiten, aber im Moment fehlt das Geld«, sagte Toni. Jetzt weiß Greta, wer ich bin, dachte er. Jetzt kann sie aufstehen und gehen.

Greta lächelte. »Du hast ein Zuhause, dafür solltest du dankbar sein.«

Er nickte. Toni war dankbar. Nicht nur für sein Zuhause,

sondern für Greta. Für Tom, der ihn überredet hatte, sich bei diesem Onlinedating-Ding anzumelden. Für das Internet, das Toni nicht ganz verstand. Für den Erfinder des Internets, dessen Namen er nicht kannte. Es sei denn, es war Bill Gates, aber da war Toni nicht sicher. Er würde Tom fragen, wer das Internet erfunden hatte.

Erfüllt mit so viel Dankbarkeit, griff Toni Gretas Hand und ließ sie erst los, als sie die Alte Liebe verließen.

11

Also, Toni, wann lernen wir sie kennen?«, fragte Tom.

»Dafür ist es noch ein bisschen zu früh.«

»Wie vieles Male habt ihr sich getroffen?«, fragte Erol.

»Fünf«, sagte Toni.

»*Viele* … *euch* getroffen, nicht *sich* getroffen«, sagte Tom.

»Lern du türkische Sprache, und dann wir sehen.«

»Ich habe Gülen versprochen, dich immer zu verbessern«, sagte Tom. »Und du weißt ja, wie Gülen ist. Wenn man ihr etwas verspricht, muss man sich auch dran halten.«

»Dann geh nicht mehr zu Gülen Haare machen, dann musst du nicht versprechen«, sagte Erol.

»Sie würde herausfinden, dass ich zu einem anderen Friseur gehe. Und dann müsste ich ihr sagen, dass es dein Wunsch war, und dann …«

»Ja, ja«, sagte Erol, »Gülen immer gewinnen.«

»Auf Gülen«, sagte Sebastian und erhob seine Flasche.

»Auf Gülen«, sagten die anderen.

»Und auf Tonis neue Freundin«, sagte Tom.

»Greta. Und noch ist sie nicht meine Freundin«, sagte Toni.

»Auf Greta«, sagte Sebastian.

»Auf Greta«, sagten die anderen.

»Dann muss wir auch auf das Kirsten trinken«, sagte Erol.

»Das Kirsten«, sagte Sebastian und lachte laut.

»Es heißt nicht *das* Kirsten«, sagte Tom.

»Dem Kirsten, was wissen ich«, sagte Erol.

»Das Kirsten gefällt mir«, sagte Sebastian, »auf meine Frau, das Kirsten.«

»Auf das Kirsten«, sagten die anderen.

»Und, Toni, wann siehst du Greta wieder?«, fragte Tom.

»Am Sonntag. Wir gehen angeln.«

»Angeln? Das wird ihr nicht gefallen«, sagte Sebastian.

»Es war ihre Idee.«

»Hast du Jackpot. Ein Frau, die angeln mögen«, sagte Erol.

»Apropos Jackpot«, sagte Toni und nahm einen leeren Schein und einen Stift zur Hand. »Zahlen?«

»37«, sagte Tom.

»21«, sagte Erol.

»14«, sagte Sebastian.

»5«, sagte Toni. »Tom und Erol, einigt euch auf die nächste Zahl.«

Tom und Erol diskutierten einen Moment lang. »38«, sagten sie.

Dann wandte sich Toni an Sebastian. »Und wir?«

»Ich schlage 23 oder 43 vor«, sagte Sebastian.

»43 finde ich gut«, sagte Toni.

»Dann nehmen wir die 43«, sagte Sebastian.

»Also: 5, 14, 21, 37, 38, 43. Einverstanden?«, fragte Toni.

Die anderen nickten.

Auf diese Weise spielten sie acht Scheine. Dann füllte jeder zwei Scheine allein aus.

»Wenn Toni jetzt Freundin hat, braucht Tom auch eine.«

»Na«, sagte Tom, »ich brauche erst mal einen neuen

Job und eine eigene Wohnung.« Dann lächelte er. »Meine neue Therapeutin ist heiß.«

»Du bist noch immer in Therapie?«, fragte Sebastian.

»Ja. Meine Mutter besteht drauf. Solange ich bei ihr wohne, muss ich hin.«

»Hilft es denn?«, fragte Toni.

»Hat noch nie geholfen. Ist ja nicht das erste Mal. Nur meiner Mutter hilft es. Schuldgefühle. Sie denkt, meine Wutausbrüche haben was mit meiner Kindheit zu tun. Totaler Quatsch. Ich kann halt nicht an mich halten, wenn ich mit Arschlöchern zu tun habe. Und mein Ex-Boss war ein Arschloch, das größte, das ich jemals kennengelernt habe. Da bin ich ausgerastet.« Er zuckte mit den Schultern. »Warum reden wir über mich?«, fragte er.

»Die heiße Therapeutin«, sagte Sebastian.

»Ah ja. Dr. Uta Blum. Ich bin ein Musterpatient. Ich mache Uta glücklich. Ich weine viel. Nur für sie. Und jedes Mal, wenn ich weine, sagt sie: ›Heute haben wir eine Barriere durchbrochen.‹ Das habe ich in der Therapie gelernt: an den richtigen Stellen zu flennen. Das Einzige, was hilft, was wirklich hilft, ist das hier.« Tom hob seine Flasche. »Bier, Lotto und wir.«

»Bier, Lotto und wir«, sagten die anderen.

»Und hast du Chance bei die heiße Frau?«, fragte Erol.

»Klar«, sagte Tom »Schau mich an: junger, einst erfolgreicher Werbetexter, charmant, unterhaltsam, intelligent. Wer würde da Nein sagen?« Er lachte. »Wahrscheinlich nicht, aber es macht die Therapie interessant. Ich habe ein Ziel.«

»Auf Ziele«, sagte Sebastian.

»Auf Ziele«, sagten die anderen.

»Und auf die richtigen Zahlen«, sagte Sebastian.
»Auf die richtigen Zahlen«, sagten die anderen.
»Auf uns«, sagte Tom.
»Auf uns«, sagten die anderen.
»Bier, Lotto und wir«, sagte Tom.

12

Samstagabend packte Toni seine Angelausrüstung zusammen. Ruten, Köder, zwei neue Klappstühle und eine frisch gewaschene Decke.

Morgen früh würde Greta kommen, und sie würden gemeinsam zum Fühlinger See fahren. Toni hatte ihr angeboten, sie abzuholen, aber Greta wollte ihn abholen.

Er hatte Essen und Trinken für ein Picknick eingekauft. Brot, Aufschnitt, Kuchen, Schokoriegel, Obst, Saft, Sekt, Bier, Sprudelwasser. Von allem viel zu viel. Und weil Greta sicher hereinkommen würde, um sich das Haus anzusehen, putzte er. Drei Schlafzimmer, zwei Bäder, Küche und Wohnzimmer. Sein Haus war viel zu groß für ihn allein. Es war für eine Familie gedacht.

Die zwei ungenutzten Schlafzimmer waren kalt, er schaltete die Heizungen an. In dem einen standen ein Ausziehsofa, Tonis Kinderbett und ein fast leeres Bücherregal. Die nackte Matratze war vergilbt. Toni bezog das Bett, wischte Staub, saugte.

In dem anderen standen ein Tisch, ein Stuhl und eine Kommode. Toni wischte auch hier Staub und saugte, er stellte eine Kerze auf den Tisch und legte einen Stapel Zeitschriften auf die Kommode, damit es in dem Zimmer ein bisschen lebendiger aussah.

An den Wänden hingen gerahmte Fotos. Seine Eltern am Tag ihrer Hochzeit – Barbara und Günther Gruber.

Schwarz-weiß. Sie in einem langen schlichten Kleid und mit einem Blumenkranz im Haar. Er in Frack und Zylinder. Jung und glücklich sahen sie aus. 1953. Das Jahr, in dem es in der DDR zum Volksaufstand kam, in dem Edmund Hillary und Tenzing Norgay den Mount Everest bestiegen hatten und Grubers Tabacchi noch Grubers Laden hieß.

Ein Foto von Toni vor einem Tannenbaum. Er ist vielleicht fünf oder sechs Jahre alt. Ein schüchtern dreinblickender Junge mit hellblonden Haaren und Sommersprossen.

Ein Foto aus dem Italienurlaub. Die Grubers sitzen an einem Tisch, im Hintergrund der See. Die Mutter hat einen Arm um Toni geschlungen. Sie lacht mit offenem Mund. Vater und Sohn lächeln. Das gleiche Lächeln. Dieses Bild war Tonis Lieblingsfoto. Er hatte es oft und lange betrachtet und versucht, sich an jenen Moment, den ein italienischer Kellner festgehalten hatte, zu erinnern.

Kurz nach diesem Urlaub war seine Mutter krank geworden. Und im nächsten Sommer war sie tot. Toni konnte sich an die Beerdigung erinnern. An den Sarg. An die Augen seines Vaters. Leer. Da war nichts. Freunde und Bekannte standen um das Grab. Männer klopften Toni auf die Schulter, Frauen drückten ihn an ihre Brust. »Armer Junge«, sagten sie. »Armes Kind.«

Günther Gruber wurde still nach dem Tod seiner Frau, und lange Zeit erwähnten weder Vater noch Sohn die Verstorbene. Ein oder zwei Jahre später begann Günther zu erzählen, jeden Abend erzählte er Toni von ihr. Von der Zeit vor Toni und der Zeit mit Toni, aber Toni konnte sich nicht erinnern. »Weißt du noch …«, begann Günther, und

Toni nickte, weil es wichtig für den Vater zu sein schien, dass Toni es wusste.

Toni wusste nun, was Barbara mochte und was sie nicht mochte, was sie zum Lachen brachte, dass sie schnell laufen konnte und Angst vor Schmetterlingen hatte. Aber der einzige Moment, der sich lebendig anfühlte, war die Beerdigung.

Sein Vater hatte ein paar kurze Liebschaften nach Barbaras Tod, nichts Ernstes. Und keine der Damen hatte die Nacht im Ehebett der Grubers verbringen dürfen.

In Tonis Schlafzimmer, das einst das Schlafzimmer seiner Eltern gewesen war, standen das Ehebett, Nachttischchen an beiden Seiten, eine Schrankwand. Über dem Bett hing ein fetter Puttenengel, den Barbaras beste Freundin ihr zu Tonis Geburt geschenkt hatte. Jede Nacht fürchtete Toni, dass er ihm auf den Kopf fallen könnte, aber er ließ ihn dort hängen. Aus sentimentalen Gründen. Manchmal, wenn der Gedanke an den fallenden Engel ihn nicht einschlafen ließ, legte er sich andersherum ins Bett. Falls das Ding nun abstürzen würde, würde es nur Tonis Füße zerschmettern.

Er bezog das Bett neu, lüftete, wischte.

Dann machte er sich in Wohnzimmer und Küche zu schaffen. Diese beiden Räume waren die freundlichsten im Haus. Er betrachtete die Wände, vielleicht, wenn er irgendwo einen Eimer Farbe auftreiben könnte … Er schüttelte den Kopf. Es war schon fast Mitternacht, und die Bäder standen noch aus.

Er schrubbte die Toiletten, die Badewanne und warf eine vertrocknete Topfpflanze weg, die – warum auch immer – auf der Fensterbank stand. Toni konnte sich nicht erinnern, dass er sie dort platziert oder wann er sie gekauft hatte. Er versprühte eine ganze Flasche Raumfrische in beiden Badezimmern. Jetzt roch es nach Kanalisation und Tannenwald, was fast unerträglicher als nur Kanalisation war. Um ein Uhr morgens war Toni mit dem Großputz fertig. Er öffnete eine Flasche Bier und schritt durch sein Haus, versuchte, es mit Gretas Augen zu sehen. Und dann versuchte er sich sein Haus als ihr gemeinsames Zuhause vorzustellen. Damals, als Elisabeth hier gewohnt hatte, hatte es schöner ausgesehen. Sie hatte neue Möbel gekauft, Überwürfe, Kissen, frische Blumen auf die Tische gestellt. Als sie ausgezogen war, hatte sie alles mitgenommen. Kerzen ohne Ständer und vielleicht die Topfpflanze im Bad hatte sie zurückgelassen. Danach hatte sich das Haus sehr leer angefühlt. Toni hatte sich vorgenommen, ein paar Dinge anzuschaffen. Aber irgendwie war er nie dazu gekommen, und dann war es auch nicht mehr wichtig gewesen.

Toni trank noch ein Bier, er saß auf der Couch. Zu müde, um seine Aufregung zu spüren. Bevor er das Licht ausschaltete, blickte er sich noch einmal um. Er war zufrieden.

13

Um 6:15 Uhr klingelte der Wecker. Obwohl heute Sonntag war, der einzige Tag, an dem Toni normalerweise ausschlief. Er hatte kaum geschlafen, trotzdem fühlte Toni sich frisch. In zweieinhalb Stunden würde Greta hier sein.

Toni schaltete die Kaffeemaschine an. Während der Kaffee kochte, absolvierte er zehn Kniebeugen, zehn Hampelmänner, zehn Sit-ups und rannte 60 Sekunden auf der Stelle. Frühsport, eine neue Maßnahme, um fit zu bleiben oder eher etwas fitter zu werden. Dann nahm er sich eine Tasse Kaffee und das Röhrchen mit den Vitamintabletten, das er gestern beim Aufräumen gefunden hatte. Laut Haltbarkeitsdatum waren die Brausetabletten vor drei Jahren abgelaufen, aber Toni hatte im Fernsehen eine Reportage gesehen, in der erklärt wurde, dass man Haltbarkeitsdaten oft ignorieren konnte. Und wie sollten Vitamintabletten auch schlecht werden? Toni löste eine in Wasser auf. Es schmeckte eklig, aber Vitamine waren wichtig. Sport und Vitamine.

Er trank zwei Tassen Kaffee, dann ging er ins Bad. Volle vier Minuten putzte er seine Zähne. Er rasierte sich sorgfältig und duschte länger als sonst. Ein Handtuch um die Hüften geschlungen, betrachtete er sein Spiegelbild. Vor nicht allzu langer Zeit hatte eine Kundin gesagt, dass er wie Clark Gable aussehen würde. Nicht wie der junge

Clark Gable, sondern wie in dem Film mit Marilyn Monroe. Toni hatte gegoogelt. Gable spielte einen alternden Cowboy in diesem Film. Er sah gut aus, nicht so gut wie in *Vom Winde verweht*, aber doch attraktiv, soweit Toni das beurteilen konnte.

Toni massierte ein paar Tropfen Haaröl auf seine Kopfhaut. Er hatte die Augen seiner Mutter und die Haare seines Vaters geerbt. Zum Lesen brauchte er schon seit Jahren eine Brille, aber die Zeit schien seine Haarpracht zu verschonen.

Gülen, die Tonis Haare schnitt, machte ihm immer Komplimente. »Du hast schönes Haar. Erol hat schon jetzt schlimme Geheimratsecken«, sagte sie. »Meist haben türkische Männer volles, dichtes Haar. Erol ist eine Ausnahme.« Und dann schüttelte sie den Kopf. »Ach, Erol«, sagte sie und verdrehte die Augen, aber es klang liebevoll.

Toni sprühte Parfüm hinter seine Ohren. Es war ein Geburtstagsgeschenk von der Tippgemeinschaft gewesen. Sebastians Frau Kirsten hatte es ausgesucht. Toni benutzte es nur selten, die Flasche war noch fast voll.

Dann zog er sich an. Braune Hose, blauer Pullover.

Um 8:15 Uhr packte er Essen und Trinken in eine Kühltasche. Angelsachen und Klappstühle standen bereits unten im Flur.

Dann setzte er frischen Kaffee auf. Vielleicht wollte Greta eine Tasse, bevor sie losfuhren.

Um 8:30 Uhr legte er seine Angeljacke auf die Kühltasche.

Um 8:40 Uhr stand er am Schlafzimmerfenster. Von hier hatte er die Haustür im Blick.

Um 8:50 Uhr begann er, auf und ab zu gehen. Vielleicht

hatte sie verschlafen? Er nahm sein Handy und schrieb eine Nachricht.

Alles ist bereit. Warte auf Dich. Toni

Sobald er die Nachricht abgeschickt hatte, bereute er seine Wortwahl. *Alles ist bereit.* Das klang komisch. Und *Warte auf Dich* irgendwie aufdringlich.

Zu spät.

Keine Antwort.

Vielleicht hätte er sie gestern noch einmal anrufen sollen? Ihr letztes Treffen war drei Tage her. In einem kleinen Café, nicht weit vom Dom, hatten sie während Tonis Mittagspause ausführlich über den Angelausflug gesprochen. Greta konnte es doch nicht vergessen haben?

Wenn sie seine Adresse verloren hatte oder den Weg nicht fand, würde sie doch anrufen. Sollte er sie anrufen?

Jetzt war sie schon eine Stunde zu spät.

Ich warte noch zehn Minuten, dachte er.

Und dann wartete er noch mal zwanzig Minuten. Um 10 Uhr wählte er Gretas Nummer.

»Die gewählte Nummer ist nicht vergeben, bitte rufen Sie die Auskunft an.«

Das konnte nicht sein. Er hatte die Nummer eingespeichert und viele Male mit Greta telefoniert. Noch einmal drückte er auf *Wählen*. *Greta* stand auf dem Display.

»Die gewählte Nummer ist nicht vergeben, bitte rufen Sie die Auskunft an.«

Das war die einzige Nummer, die er hatte.

Toni rannten die Treppen hinunter, durch die Hintertür in den Laden und schaltete den Computer an. Er öffnete die Onlinedating-Seite. Inbox. Gretas Nachrichten, die normalerweise den Absender *Greta S.* trugen, waren noch da, aber aus *Greta S.* war *Unknown* geworden. *Unknown*, so viel Englisch konnte Toni, hieß unbekannt. Ihr Profil war verschwunden.

Toni wusste nicht, was er denken sollte. Er nahm sich ein Bier aus dem Kühlschrank und zündete sich ein Zigarillo an. Dann rief er Tom an.

Tom kannte sich aus mit Computern, vielleicht konnte er Toni erklären, was mit Greta S. geschehen war.

»Ich komme«, sagte Tom.

Toni rief auch Erol und Sebastian an. Er fühlte sich elend. Er wollte seine Freunde um sich haben. Er brauchte Rat. Ideen. Einen Plan.

»Ich komme«, sagte Erol.

»Ich komme«, sagte Sebastian.

14

Und du weißt nicht, wo sie wohnt?«, fragte Sebastian. »Nicht mal in welchem Stadtteil?«

Toni schüttelte den Kopf.

»Fragt man so was nicht? Wo wohnst du? Wo bist du geboren? Wo aufgewachsen?«

Toni zuckte mit den Schultern.

Er wusste, dass Greta ihren Kaffee mit drei Päckchen Zucker trank. Dass sie eine Erdnussallergie hatte, dass ihr erstes Haustier ein Kaninchen gewesen war, aber ihre Adresse kannte er nicht.

»Und der Name des Immobilienmaklers, für den sie gearbeitet hat?«, fragte Tom.

»Keine Ahnung«, sagte Toni.

Und er wusste auch nicht, wie man ihren Nachnamen schrieb. Schröder mit ö oder Schroeder mit oe.

»Ist das ihr Mädchenname, der Nachname des ersten oder der des zweiten Mannes?«, fragte Sebastian.

»Ich weiß es nicht«, sagte Toni. Er stand auf und holte sich ein Bier aus dem Kühlschrank. Sein fünftes, es war noch nicht mal 12 Uhr, und gegessen hatte er auch noch nichts.

»Toni, jetzt überleg noch mal. Ist bei eurem letzten Treffen irgendetwas vorgefallen? Hast du etwas gesagt oder getan, das sie vielleicht verärgert hat?«, fragte Sebastian.

»Nein.«

»Weißt du, Gülen manchmal sagt: Wenn du meinst ist richtig, dann mach. Und dann mache ich, und dann ist Gülen so sauer, dass sie schreit mich an oder nicht mit mir redet für Stunden. So sind Frauen, weißt du. Sagen so und meinen ganz anders und wollen, dass du liest Gedanken«, sagte Erol.

»Ich mache mir Sorgen«, sagte Toni. Er hatte den anderen bislang nicht von Gretas Angst vor ihrem Ex-Mann erzählt, von Gretas blauem Auge. Das holte er jetzt nach.

»Sie wollte nicht zur Polizei. Die Polizei kann ihr nicht helfen. Er ist ein einflussreicher Mann …«, wiederholte Sebastian.

»Ja«, sagte Toni.

»Was soll das bedeuten?«, fragte Tom. »Einflussreicher Mann …«

»Vielleicht ist Polizist, und Polizei halten zusammen«, sagte Erol.

»Vielleicht«, sagte Sebastian. »Aber hätte sie das nicht gesagt? Mein Ex ist Polizist …«

»Okay«, sagte Tom, »aber warum hat sie ihr Profil gelöscht und ihre Nummer deaktiviert?«

»Vielleicht hat der Mann das gemacht?«, schlug Erol vor.

»Ich weiß nicht«, sagte Tom. »Klingt eher wie ghosten.«

»Wie was?«, fragte Toni.

»Sich nicht mehr melden, nicht mehr erreichbar sein. Ohne Erklärung. Puff. Ja, sie hat dich geghostet«, sagte Tom.

»Aber warum? Es war … es war alles gut. Wir wollten heute angeln gehen. Sie wollte angeln. Und zur Verabschiedung hat sie mich geküsst … auf den Mund. Und es war alles gut. Warum …«

»Frauen«, sagte Erol, »ist einfach nicht zu verstehen.«

»Was ist, wenn ihr etwas passiert ist, wenn ihr Ex ihr etwas angetan hat?«, fragte Toni.

»Wenn du wüsstest, wo sie wohnt …«, begann Sebastian, aber er brach ab.

»Was soll ich denn jetzt machen?«, fragte Toni.

»Warten. Vielleicht meldet sie sich ja doch noch«, sagte Sebastian.

»Tom, kann man nicht diese Onlinedating-Leute fragen, ob sie irgendwelche Informationen haben?«, fragte Toni.

Tom schüttelte den Kopf. »Datenschutz.«

»Wir können sie nicht suchen, weil wir nicht wissen, wo wohnen. Wir können sie nicht anrufen, weil Nummer nicht funktionieren. Nur warten«, sagte Erol.

»Ihr Auto«, sagte Tom. »Hast du ihr Auto gesehen?«

»Ja«, sagte Toni. »Ein dunkelblauer Peugeot.«

»Das Kennzeichen?«, fragte Tom.

»Ach Tom, ich habe mir doch nicht das Kennzeichen gemerkt.«

»Hast du es gesehen?«

»Vielleicht … Ich weiß nicht.«

»Schließ deine Augen«, sagte Tom.

»Warum?«

»Mach einfach.«

Toni schloss seine Augen.

»Und jetzt versuch, dich zurückzuversetzen. Du stehst vor ihrem Auto. Du siehst das Nummernschild. Sag mir das Kennzeichen.«

»Ich weiß nicht …«

»Schau genau hin.«

Toni öffnete seine Augen. »Tom, ich sehe kein Nummernschild. Das funktioniert nicht.«

»Und was würden wir damit machen, selbst wenn sich Toni an das Kennzeichen erinnern könnte?«, fragte Sebastian.

»Ich kann mich aber nicht erinnern«, sagte Toni.

»Was wir damit machen?«, fragte Tom. »Es wäre zumindest ein Anfang, etwas Handfestes. Mehr als: Sie mag keine Erdnüsse.«

»Sie mag Erdnüsse«, sagte Toni leise, »aber sie ist allergisch.«

»Ich haben Hunger«, sagte Erol.

»Ich auch«, sagten Sebastian und Tom.

»Oben steht eine Kühltasche voll Essen«, sagte Toni, »lasst uns hochgehen.«

Im Wohnzimmer stellte Toni das Essen auf den Tisch, holte Teller, Besteck und Gläser. Er bekam kaum einen Bissen runter. Er dachte an Greta.

»Ich glaube, ich war noch nie in deiner Wohnung«, sagte Sebastian und blickte sich um.

»Ich einmal. Als Tippgemeinschaft nur Toni und ich und Klo im Laden kaputt waren«, sagte Erol.

»Ist verdammt sauber hier«, sagte Tom.

»Ich habe geputzt für … falls sie hochkommt«, sagte Toni.

»Vielleicht meldet sie sich ja noch«, sagte Sebastian. Aber es klang, als würde er das selbst nicht so recht glauben.

15

Toni konnte nicht einfach nur warten und hoffen, dass Greta sich doch noch meldete.

Mit Tom googelte er sich durch das Internet.

Greta Schröder

Greta Schroeder

Greta Schröder Köln

Greta Schroeder Köln

Es gab eine Schauspielerin, die Greta Schröder hieß, bekannt geworden durch ihre Rolle in dem Stummfilm *Nosferatu*, der 1922 erschienen war. Diese Greta war schon lange tot.

Es gab eine Augenärztin, eine Orthopädin, eine Krankenpflegerin und eine Autowerkstatt, die einem oder einer G. Schröder gehörte.

Tonis Greta fanden sie nicht.

Mit Erol fuhr er zu den Orten, an denen er sich mit Greta getroffen hatte. Stadtwald, Domplatte, die Alte Liebe.

Greta fanden sie nicht.

Mit Sebastian rief er unzählige Zahnarztpraxen und Immobilienmakler an. Eine Greta Schröder kannte keiner.

Nachts lag Toni lange wach. Er überlegte, ob er zur Polizei gehen sollte.

Was würde er sagen?

Ich habe eine Frau kennengelernt. Online. Wir haben

uns fünf Mal getroffen, und dann ist sie verschwunden. Sie wollte zu mir kommen, wir wollten angeln gehen, und sie ist einfach nicht aufgetaucht. Ich kann sie nicht erreichen, weil ihre Telefonnummer deaktiviert und ihr Onlineprofil gelöscht ist, und ich weiß nicht, wo sie wohnt. Sie hat Angst vor ihrem Ex-Mann, und ich habe Angst, dass ihr etwas passiert ist.

Der Polizist würde fragen: »Also die Frau hat sie versetzt?«

»Ja«, würde Toni antworten.

»Und sich nie wieder bei Ihnen gemeldet?«, würde er nachhaken.

»Ja«, würde Toni antworten.

Und der Polizist würde zwar nicht das Wort ghosten benutzen, aber genau das beschreiben, was es bedeutete.

»Sie hatte ein blaues Auge und Angst«, würde Toni insistieren.

Doch der Polizist würde ihn nur mitleidig ansehen. »Wird schon nichts passiert sein«, würde er sagen und sich denken, dass Toni ein armer Trottel sei.

Also nicht zur Polizei.

Mehrmals täglich rief Toni Greta an und überprüfte die Onlinedating-Seite, aber die Nummer funktionierte nicht, und Gretas Profil war *Unknown*.

Immer wieder spielte Toni in Gedanken das letzte Treffen mit Greta durch. Versuchte, sich an jedes ihrer Worte zu erinnern. Hatte er etwas falsch verstanden? Überhört? Nein. Sie wollte ihn abholen, sie hatte seine Adresse notiert. Und Greta hatte sich auf den Angelausflug – der ihre Idee gewesen war – gefreut.

Jeden Morgen las Toni als Erstes die Todesanzeigen in

der Zeitung und war erleichtert, ihren Namen dort nicht zu entdecken.

»Vielleicht sollten wir die Krankenhäuser abtelefonieren?«, schlug Sebastian vor. »Ihr Ex-Mann wird sie ja nicht gleich umgebracht haben.«

Und bevor sie an diesem Freitag Lottoscheine ausfüllten und Bier tranken, riefen die vier sämtliche Krankenhäuser in Köln und Umgebung an.

Eine Greta Schröder war nicht dort.

»Toni, du füllen alle Scheine allein aus. Weil heißt ja: Pech in Liebe, Glück in Spiel«, sagte Erol.

»Ich habe auch kein Glück in der Liebe«, sagte Tom.

»Dann, Tom, du füllen auch Schein aus«, sagte Erol.

»Was ich habe, würde ich auch nicht unbedingt als Glück bezeichnen ...«, sagte Sebastian.

»Gut, dann du auch«, sagte Erol. »Und ich holen Bier.«

Toni öffnete das Kästchen mit den Zigarillos.

»Eigentlich rauche ich ja nicht«, sagte Sebastian, und die anderen lachten.

»Auch wenn ich Glück haben mit Gülen, ich machen auch Schein voll«, sagte Erol.

Sie tranken, rauchten und kreuzten Zahlen an.

»Es ist doch gut, dass sie weder tot ist noch im Krankenhaus«, sagte Tom. »Vor allem, dass sie nicht tot ist.«

»Ja«, sagte Toni, »aber ... Ich kann es mir einfach nicht erklären. Ich verstehe nicht, warum sie sich nicht meldet. Ich verstehe es einfach nicht. Das macht man doch nicht? Man muss doch nicht gleich seine Nummer und sein Profil löschen? Wenn sie ... ich weiß nicht ... beschlossen hätte, dass sie sich nicht mehr mit mir treffen will, dann hätte sie es doch einfach sagen können, oder? Wir sind doch erwachsen. Das hat doch etwas mit Höflichkeit zu tun. Und ich habe mir doch nicht nur eingebildet, dass wir uns mögen.«

»So richtig weiß man ja nicht, wer der andere ist, nach fünf Treffen. Oder?«, fragte Sebastian vorsichtig.

Toni zuckte mit den Schultern. »Vielleicht. Aber dass es komisch ist, das musst du doch zugeben.«

»Ja«, sagte Sebastian.

Erol und Tom nickten.

Auch in dieser Nacht konnte Toni nicht einschlafen. Es waren acht Tage vergangen, seitdem er Greta das letzte Mal gesehen hatte, und fünf, seitdem sie ihn versetzt hatte. Bald war wieder Sonntag. Ein bisschen hoffte Toni, dass er sich einfach um eine Woche vertan hatte und Greta übermorgen vor seiner Tür stehen würde. Dass sie ihr Telefon verloren und ihr Onlineprofil gelöscht hatte, weil sie ihn kennengelernt hatte. Er wusste, wie unwahrscheinlich das war, aber er wusste auch, dass er nicht nur am kommenden Sonntag, sondern jeden Sonntag um 8:30 Uhr am Fenster stehen würde.

16

Es war Sonntag. Der Wecker klingelte nicht. Toni wachte um 7 Uhr auf. Er duschte, zog sich an. Die Angelsachen lagen noch immer unten im Flur. Gestern hatte Toni eingekauft. Aufschnitt, Brot, vier Stücke Kuchen. Keinen Sekt, keinen Saft. Es würde für ein kleines Picknick reichen. Er packte das Essen nicht in die Kühltasche, aber sie stand bereit. Tonis Angelweste hing an der Garderobe gleich neben der Wohnungstür. Um 8:20 Uhr trank er seine vierte Tasse Kaffee, um 8:30 Uhr stand er am Fenster. Du dummer alter Mann, dachte Toni, und er wünschte sich so sehr, dass Greta kommen würde, dass es körperlich wehtat.

Eine volle Stunde stand er da und starrte auf die Straße, dann ging er in die Küche und nahm den Kuchen aus dem Kühlschrank. Er setzte sich auf die Couch und schaltete den Fernseher an. Es lief die Wiederholung einer Talksendung, er hörte kaum zu. Zuerst aß Toni ein Stück Pflaumen-Streusel-, dann Käsekuchen. Obwohl ihm bereits schlecht war, nahm er sich das zweite Stück Pflaumen-Streusel-Kuchen. Gretas Stück. Er bekam nur die Hälfte runter, er hatte Durst, doch fühlte er sich nicht im Stande, die Couch zu verlassen. Ohne die Schuhe auszuziehen, legte er sich hin. Bis zum Nachmittag döste er und versuchte nicht nachzudenken – nicht an sie zu denken. Erst als sein Mund so trocken war, dass er nicht mehr schlucken konnte, schleppte Toni sich in die Küche. Er nahm sich ein Glas Wasser. Sein Blick fiel auf das Röhrchen mit den Vitamintabletten. Seit letztem Sonntag hatte er die Tabletten nicht angerührt und auch den Frühsport gestrichen.

Irgendwo in der Küche versteckte sich ein Fläschchen Underberg. Toni fand es in der Obstschale, die auf dem Kühlschrank stand. Ein trauriges Stillleben: zwei verschrumpelte Äpfel, eine einzelne Knoblauchzehe und das Fläschchen. Er trank den Schnaps, legte die leere Flasche in die Schale und stellte sie wieder auf den Kühlschrank.

Toni ging zurück zur Couch, jetzt zog er die Schuhe aus. Noch immer lief der Fernseher, eine Serie, die er nicht kannte, Werbung. Er schaltete um: eine Doku über Eulen. Babyeulen schlafen oft auf dem Bauch, weil der Kopf der jungen Vögel schnell so groß wird, dass er ihren Körper aus dem Gleichgewicht bringen kann. Man glaubt, dass die frühesten Eulen vor über 65 Millionen Jahren auftauchten.

Die Doku lenkte Toni ab. Als der Abspann lief, war es schon dunkel draußen. Er zappte sich durch die Programme, und dann sah er sie. Greta. In den Lokalnachrichten. Ihre dunkelbraunen Haare waren platinblond und nicht zu einem Dutt hochgesteckt, sondern kinnlang. Aber es war Greta, da war Toni sicher. Am unteren Bildrand war der Name *Marion Löhninger* eingeblendet. Toni machte den Ton lauter:

»Seit Dienstag wird der Rechtsanwalt Dr. Uwe Löhninger vermisst. Der 61-jährige Jurist ist an diesem Tag nicht in seiner Kanzlei erschienen. Marion Löhninger, seine zweite Ehefrau, hat ihn zuletzt Dienstagmorgen gesehen.

›Wir haben gefrühstückt, und um etwa 8 Uhr hat er das Haus verlassen, so wie immer, und ist zur Arbeit gefahren.‹

Aber dort ist er nie angekommen. Löhningers Haus und seine Kanzlei im Stadtteil Marienburg trennen eine nur fünfminütige Autofahrt voneinander. Am Mittwoch haben Löhningers Angehörige die Polizei eingeschaltet. Die Ermittlungen blieben bisher erfolglos. Deshalb wendet sich die Polizei und die Familie jetzt an die Öffentlichkeit.

Dr. Löhningers Kinder aus erster Ehe, Caroline Speidel und Karl Löhninger, leben in Hamburg und sind vor zwei Tagen angereist, um bei der Suche nach ihrem Vater zu helfen.«

Es wurde ein Foto von Dr. Löhninger eingeblendet.

»Dr. Uwe Löhninger ist 1,81 m groß, von kräftiger Statur. Er trug zuletzt einen grauen Anzug, ein hellblaues Hemd und einen anthrazitfarbenen Kaschmirmantel. Er hat graue Haare, blaue Augen und trägt eine Brille. Auch von Löhningers Auto, einem schwarzen Mercedes Benz S-Klasse, Baujahr 2010, fehlt jede Spur. Das Kennzeichen lautet K UL 8283.

Falls Sie Dr. Löhninger oder sein Fahrzeug gesehen haben oder andere sachdienliche Hinweise haben, melden Sie sich bitte bei der Polizei.«

Dann sprach Karl Löhninger, der Sohn des Anwalts, direkt in die Kamera. Neben ihm standen seine Schwester und seine Stiefmutter Marion – Tonis Greta.

Die Augen der Schwester waren gerötet. Marion Löhninger – Greta – senkte ihren Blick, während Karl sprach: »Wir können uns einfach nicht erklären, was geschehen ist. Mein Vater ist zuverlässig. Er würde niemals einfach verschwinden. Selbst wenn er sich um nur fünf Minuten verspätet, sagt er Bescheid … Bitte, falls Sie ihn gesehen haben oder wissen, wo er ist, rufen Sie die Polizei an.«

Karl Löhninger nahm die Hand seiner Schwester. Dann sprach sie mit tränenerstickter Stimme: »Papa, wir werden dich finden. Wir …« Sie brach ab.

Schließlich ergriff Marion – Tonis Greta – das Wort: »Helfen Sie uns, meinen Mann sicher nach Hause zurückzubringen. Ich vermisse ihn.« Marion-Greta lächelte ein wenig unbeholfen.

Als Toni ihre Stimme hörte, zog sich alles in ihm zusammen.

»Die Polizei kann ein Verbrechen derzeit nicht ausschließen.«

Telefonnummern und das Foto des Vermissten wurden eingeblendet.

»Und nun das Wetter …«

Toni schaltete den Ton aus.

Greta hieß nicht Greta, sondern Marion Löhninger.

Sie war verheiratet, nicht getrennt.

Ihr Mann ist Rechtsanwalt, und er ist verschwunden.

17

Am nächsten Morgen, noch bevor er den Laden öffnete, setzte Toni seine Brille auf und durchblätterte die Tageszeitungen. Dr. Uwe Löhningers Verschwinden war die Titelgeschichte des *Stadtanzeigers.* Ausführlich wurde über das Leben des Anwalts berichtet: Löhninger hat sich einen Namen als Strafverteidiger gemacht. Er gilt als einer der besten in ganz Deutschland. In dem Artikel wurden Vermutungen angestellt, ob Löhningers Verschwinden etwas mit eben diesem Erfolg zu tun haben könnte: Mehr als einen umstrittenen Fall hat Löhninger vor Gericht gewonnen. Vor drei Jahren hat er einen Freispruch für Simon Kurtis, der wegen Mordes angeklagt war, errungen. Die Mutter des Opfers hatte den Ausgang des Prozesses eine Schande für die Gerechtigkeit genannt. Dies ist nur einer von mehreren Fällen, in denen sich Löhninger nicht nur Freunde gemacht hat. Auf Seite 6 gab es ein kurzes Interview mit Marion Löhninger.

Stadtanzeiger: Frau Löhninger, was können Sie uns über die Ermittlungen sagen?

M. Löhninger: Die Polizei sucht nach meinem Mann und dem Auto. Bisher ohne Erfolg. Das ist alles, was ich weiß.

Es wird vermutet, dass das Verschwinden Ihres Mannes mit seiner Tätigkeit als Strafverteidiger zu tun haben könnte. Was denken Sie?

Es gibt sicher viele Menschen, die ihm nichts Gutes wünschen.

Erzählen Sie uns etwas über Ihre Ehe. Sie sind Dr. Löhningers zweite Frau?

Wir sind seit vier Jahren verheiratet. Wir haben uns vor fünf Jahren in St. Moritz beim Skifahren kennengelernt.

Damals war Herr Löhninger noch mit seiner ersten Ehefrau zusammen?

Ja, aber die Beziehung war schon am Ende.

Wie würden Sie Ihren Mann beschreiben?

Er ist intelligent. Charmant und ein sehr guter Skifahrer.

Haben Sie eine Vermutung, was passiert ist?

Nein.

Die Polizei sagt, dass sie ein Verbrechen nicht ausschließen kann. Glauben Sie, dass jemand Ihrem Mann etwas angetan hat?

Ich weiß es nicht. Ich hoffe nicht.

Können Sie sich vorstellen, dass Ihr Mann aus eigenem Willen verschwunden ist?

Ich weiß nicht. Nicht wirklich, aber vielleicht.

Hatte Ihr Mann einen Grund, zu verschwinden?

Ich glaube nicht.

Marion Löhninger hat das Interview an dieser Stelle beendet.

Auch der *Express* berichtete über das Verschwinden des Anwalts. Neben Dr. Löhningers Karriere wurde das schlechte Verhältnis zwischen den erwachsenen Kindern und der zweiten Ehefrau beschrieben. Karl und Caroline, die aus Hamburg angereist waren, wohnten laut einer anonymen Quelle nicht in der Marienburger Villa ihres Vaters, sondern bei Freunden der Familie. Von einer anderen anonymen Quelle erfuhr der *Express*, dass Marion der Grund für das Scheitern der ersten Ehe gewesen war. Eine Affäre, die in St. Moritz begann.

Dem Artikel waren Fotos beigefügt. Ein Bild von Dr. Uwe Löhninger in seiner Kanzlei. Ein Bild von einem jungen Dr. Uwe Löhninger und seiner ersten Frau, die ihre kleine Tochter auf dem Arm hält und ihren Sohn an der Hand. Das Hochzeitsfoto von Dr. Uwe Löhninger und seiner zweiten Frau Marion. Er im Frack, sie in einem langen weißen Kleid. Auf diesem Bild waren Marions Haare kinnlang und platinblond, so wie in den Nachrichten. Zwei weitere Fotos von Löhninger und Marion. Das eine in einer Skihütte, das andere bei einer Vernissage aufgenommen. Auch hier trägt Marion ihre Haare kinnlang und platinblond.

18

Um 7 Uhr schloss Toni den Laden auf, um kurz nach sieben kamen Sebastian, Erol und zuletzt Tom. Nachdem er gestern Abend die Nachrichten gesehen hatte, hatte Toni die drei angerufen.

Sebastian musste erst um 9 Uhr in seiner Praxis sein. Erols Taxischicht begann um 8:30, und Tom hatte wie immer den ganzen Tag nichts zu tun.

»Und du bist dir sicher, dass es Greta ist?«, fragte Sebastian.

»Ja«, sagte Toni.

»Aber du sagst, dass ihre Haare anders waren?«

»Trotzdem, ich bin mir sicher. Ihre Stimme, alles. Es ist Greta.«

»Vielleicht Zwilling von Greta«, sagte Erol.

»Nein«, sagte Toni.

»Warum hat sie das gemacht? Dir einen falschen Namen genannt. Eine falsche Identität? Ich meine, wahrscheinlich ist alles gelogen, was sie dir erzählt hat«, sagte Tom.

»Du solltest zur Polizei gehen«, sagte Sebastian. »Ihr Mann wird vermisst.«

»Ich will sie nicht in Schwierigkeiten bringen«, sagte Toni. »Es gibt sicher einen Grund für … für alles. Ihr Name ist ein anderer, und sie ist verheiratet. Aber vielleicht stimmt ja der Rest.«

»Welcher Rest?«, fragte Tom.

»Dass sie Angst vor ihrem Ex-Mann, ich meine, Ehemann hat. Das blaue Auge, vielleicht war das dieser Uwe Löhninger.«

»Du solltest zur Polizei gehen«, sagte Sebastian noch einmal.

Toni schüttelte den Kopf. »Ich werde selbst herausfinden, warum Greta mich angelogen hat.«

»Marion«, sagte Tom, »warum Marion dich angelogen hat.«

»Wie willst du herausfinden?«, fragte Erol.

»Ich werde sie fragen.«

»Wie?«, fragte Sebastian.

»Anrufen«, sagte Toni.

Tom nickte. »Es müsste einfach sein, ihre Nummer herauszubekommen. Jetzt wissen wir schließlich, wer sie ist. Lass mich mal an den Computer.«

Toni und Tom tauschten Plätze, und Tom machte sich an Tonis Computer zu schaffen.

»Ich habe die Nummer der Kanzlei. Ich rufe da mal an«, sagte Tom.

Toni nickte, und Tom wählte die Nummer.

»Guten Tag, hier ist …«, er hielt kurz inne, »… Albert Gubler. Könnten Sie mich mit Marion Löhninger verbinden … Ja, ich weiß. Können Sie mir ihre Nummer geben? Nein, nicht Presse … Freund … Ich habe sie verlegt … Ja, aber … Es ist wichtig. Wie kann … Verstehe. Okay.«

Tom sah die anderen an. »Die rücken die Privatnummer nicht raus.«

»Albert Gubler?«, fragte Sebastian.

»Mir ist nichts eingefallen«, sagte Tom.

»Du hättest deinen richtigen Namen nennen können«,

sagte Sebastian. »Oder Toni anrufen lassen, und Toni hätte seinen Namen nennen können.«

»Sie hat ja den Kontakt zu Toni abgebrochen. Also können wir davon ausgehen, dass sie nicht mit ihm sprechen will.«

»Tom haben recht. Und jetzt?«, sagte Erol.

»Und jetzt recherchieren wir. Oder ich. Ich habe ja nichts vor heute. Ich kriege die Nummer schon raus.«

Bald verabschiedeten sich Erol und Sebastian. Tom saß am Computer. Toni saß auf dem Flugzeugsitz oder bediente Kunden.

»Und?«, fragte er alle zehn Minuten. »Schon was herausbekommen?«

»Sch«, machte Tom. »Ich sage dir Bescheid, wenn ich die Nummer habe.«

Jedes Mal, wenn Tom aufstand, fragte Toni panisch: »Wohin gehst du?«

»Raus, rauchen.«

»Okay, aber du kommst zurück?«

»Ja, Toni.«

»Tut mir leid. Ich bin ganz schön durch den Wind.«

Nach einer seiner Zigarettenpausen sagte Tom: »Ich hab's.«

»Du hast die Nummer?«

»Nein, noch nicht, aber eine Idee. Ich rufe Helen an.«

»Helen?«

»Meine Ex.«

»Ah ja, deine letzte ernsthafte Beziehung«, sagte Toni.

»Genau. Sie arbeitet beim *Stadtanzeiger*, und die haben ein Interview mit Marion geführt. Und irgendwer dort hat sicher ihre Nummer.«

Tom nahm sein Handy. »Helen. Hier ist Tom. Wie geht's … Ja … Ich … Nein. Ich brauche deine Hilfe … Nein. Das habe ich nie gesagt. Nie … Warum sollte ich … Du hast keinen fetten Arsch. Dein Arsch ist perfekt … Das habe ich nie gesagt … Okay … Ja … Marion Löhninger, die Frau des Anwalts, der verschwunden ist. Ja, genau … Ich brauche ihre Telefonnummer … Nein … Nein … Es ist für einen Freund, er kennt sie … Nein, er hat sie nicht … Es ist kompliziert. Helen, bitte, es ist wichtig … Natürlich nicht. Ich schwöre es … Danke.«

Tom nahm einen Stift und schrieb eine Nummer auf.

»Du bist die Beste. Ich schulde dir was. Ja … Okay. Danke.«

Tom legte sein Handy zur Seite und hielt die Zeitung hoch, auf die er die Nummer notiert hatte.

»Ich hab's geschafft. Wir haben ihre Nummer.«

»Du hast es geschafft.«

»Ruf sie an«, sagte Tom.

»In der Mittagspause.«

Im Hintergrund lief das Radio. Auch die Lokalnachrichten sprachen ausführlich über Löhningers Verschwinden, aber hatten nichts Neues zu berichten.

19

Um 13 Uhr schloss Toni den Laden ab und schaltete das Hauptlicht aus.

»Ich bin nervös«, sagte er.

»Bier?«, fragte Tom.

»Ja.«

Tom holte Bier und reichte Toni eine Flasche.

»Also, was wirst du ihr sagen?«, fragte Tom.

»Ich … Ich sage ›Hallo, hier ist Anton, warum hast du mich angelogen? Warum hast du dich nie wieder gemeldet?‹«

»Ganz direkt. Wahrscheinlich am besten.«

»Was wäre denn indirekt?«

»Weiß ich auch nicht … Hat das Telefon einen Lautsprecher?«

»Ja.«

»Kann ich mithören?«

»Ja.«

Toni trank einen großen Schluck Bier, atmete tief ein und aus. Dann wählte er die Nummer und schaltete den Lautsprecher an. Nach dem vierten Klingeln nahm jemand ab.

»Löhninger.«

Toni nickte Tom zu, um ihm zu bedeuten, dass es Greta war.

»Hallo, hier ist Anton.«

Es dauerte einen Moment, bis sie sagte: »Wer?«

»Greta, ich bin's, Anton.«

Stille.

»Ich … Sie müssen sich verwählt haben. Hier gibt es keine Greta«, sagte sie.

»Marion?«, fragte Toni.

»Ähm … Ja.«

»Warum hast du mich angelogen?«

Sekunden verstrichen, bis sie sagte: »Ich … Ich weiß nicht, wovon Sie sprechen. Sie haben sich verwählt.«

»Wir wollten angeln gehen. Warum bist du nicht gekommen?«

»Sie haben sich verwählt … Ich … Ich lege auf.«

Aber sie legte nicht auf. Toni konnte ihren Atem hören.

»Bitte«, sagte Toni, »erkläre mir doch einfach, warum …«

»Ich lege auf«, sagte sie.

Und dieses Mal tat sie es auch.

»Puh«, machte Tom, »was für eine schlechte Lügnerin. Jetzt bin ich auch hundert Prozent sicher, dass Marion Greta ist oder Greta Marion.«

»Sag ich doch. Aber schlauer bin ich auch nicht. Ich will wissen, warum«, sagte Toni. »Ich will wissen … Ich frage mich, ob sie mich wirklich gemocht hat oder … Ich meine, warum macht man so was? Warum hat sie sich überhaupt mit mir getroffen.«

»Und der verschwundene Ehemann …«, sagte Tom.

»Was hat der damit zu tun?«, fragte Toni.

»Ich weiß nicht, aber es ist doch komisch. Du lernst eine Frau im Internet kennen. Ihr scheint euch zu mögen. Sie nennt einen falschen Namen, erzählt dir, dass ihr Ex sie stalkt und ihr ein blaues Auge verpasst hat. Sie will ihn nicht anzeigen. Dann ghostet sie dich, und kurze Zeit später verschwindet ihr Mann spurlos. Denn sie ist verheiratet und nicht getrennt, wie sie behauptet hat. Und vielleicht hat das eine ja etwas mit dem anderen zu tun. Ihre Lügen und sein Verschwinden.«

»Aber was?«, fragte Toni.

»Das müssen wir herausfinden.«

»Wie?«

»Observieren«, sagte Tom.

»Greta?«

»Marion.«

Toni betrachtete die mittlerweile leere Flasche in seiner Hand. »Auch noch eins?«

Tom nickte.

»Vielleicht, wenn ich … wenn sie mich sehen würde. Wenn wir uns gegenüberstehen würden. Dann könnte sie nicht so tun, als ob sie mich nicht kennen würde«, sagte er, als er mit dem Bier zurückkam.

»Kann sie doch. Toni, sie hat sich nicht nur als jemand anderes ausgegeben, sondern auch ihr Aussehen verändert, wenn sie sich mit dir getroffen hat.«

»Nur die Haare.«

»Ja, aber das macht einen himmelweiten Unterschied.«

»Vielleicht war sie beim Friseur, nachdem sie mich … wie heißt hast? Gedingst hat.«

»Geghostet«, sagte Tom, nahm den *Express* und schlug die Seite mit dem Bericht über Löhningers Verschwinden auf. »Schau doch! Auf den Bildern hier hat sie die gleiche Frisur und Haarfarbe wie in dem Fernsehbeitrag, oder?«

»Ja. Und?«

»Also hat sie diesen platinblonden Bobschnitt seit Jahren. Und wenn sie sich mit dir getroffen hat, hat sie sich verkleidet.«

Toni nickte.

»Ihr Profilfoto, wie sah sie da aus?«, fragte Tom.

»Das Bild war verschwommen, aber die Haare waren dunkel und hochgesteckt.«

20

Draußen war es bereits dunkel. Toni und Tom saßen in Toms silbernem Toyota. Er hatte Helen noch einmal angerufen und die Adresse der Löhningers erbettelt.

»Was genau sollen wir dort machen?«, fragte Toni.

»Wir sehen uns das Ganze mal an. Observieren.«

»Mmh«, machte Toni und schaute aus dem Fenster. Sie fuhren die Militärringstraße entlang, eine der Kölner Ringstraßen, die größtenteils durch parkähnliche Landschaften führt. Man könnte fast vergessen, dass man sich in einer Großstadt befindet.

»Ich fühle mich ein … ein bisschen dumm«, sagte Toni leise.

»Warum?«

»Ich bin zu alt, um Frauen nachzujagen. Greta oder Marion. Sie … also … na ja. Sie hat kein Interesse an mir, und ich fahre zu ihrem Haus, um sie zu beobachten?«

»Toni, so einfach ist das nicht. Sie hat sich als eine andere Person ausgegeben, und ihr Mann wird vermisst. Das … das ist größer als einfach abserviert werden.«

Toni lächelte. »Und jetzt spielen wir Detektive?«

»Wir wissen mehr über die werte Frau Löhninger als alle anderen, mehr als die Polizei. Es ist geradezu unsere Pflicht, der Sache auf den Grund zu gehen«, sagte Tom ernst.

»Ich will sie nicht in Schwierigkeiten bringen.«

»Genau. Deshalb gehen wir nicht zur Polizei, sondern finden selbst heraus, warum Marion sich als Greta ausgegeben hat und ob das irgendetwas mit dem Verschwinden ihres Mannes zu tun hat.«

Sie bogen auf die Bonner Straße ab, dann auf die Leyboldstraße. Marienburg war eine der besten Wohngegenden in Köln. Wunderschöne alte Villen, lange Alleen. Das Haus der Löhningers befand sich ganz nah am Südpark. Eine kleine, aber feine Grünanlage.

»Das ist es«, sagte Tom, pfiff anerkennend und deutete auf eine einstöckige Villa aus rötlichem Stein. Das Gebäude war umringt von Büschen und einem eisernen Zaun. Sie parkten auf der gegenüberliegenden Straßenseite. Von hier hatten sie einen direkten Blick auf das Anwesen der Löhningers. Durch die Gitterstäbe konnten sie die Einfahrt sowie das hell erleuchtete Haus sehen.

»Da steht ihr Auto«, sagte Toni und deutete auf einen blauen Peugeot, der unter einer Überdachung neben dem Haus stand.

»Diktier mir das Nummernschild.«

»Wozu?«

»Das macht man so«, sagte Tom.

»Zu weit weg. Ich kann es nicht lesen. Und wer macht das so?« Toni schüttelte gedankenverloren den Kopf. »Hier lebt sie also. Ich habe für sie geputzt, damit sie mein Haus mag, und jetzt schau dir das an. Wie konnte ich nur glauben, dass sie …«

»Hör auf, dich fertigzumachen«, unterbrach ihn Tom. »Zigarette?«

»Ja.«

Tom holte eine Packung Camel aus seiner Jackentasche. Beide zündeten sich eine an und öffneten die Fenster einen Spaltbreit.

»Ob sie allein ist?«, fragte Toni.

»Ihr Mann ist verschwunden, seine Kinder wohnen laut *Express* nicht hier. Vielleicht sind Freunde oder Hausangestellte da.«

Schweigend rauchten sie eine zweite Zigarette.

»Und jetzt?«, fragte Toni.

»Hab ein bisschen Geduld, wir sind grade mal eine Viertelstunde hier.«

Dreißig weitere Minuten verstrichen ereignislos.

»Da«, sagte Tom, »da kommt jemand aus dem Haus. Das ist sie, oder? Mit einem Hund.«

Laternen schalteten sich ein, als Marion – ihr platinblondes Haar war deutlich zu erkennen – mit einem weißen Labrador die Einfahrt hinunterging.

»Was machen wir jetzt?«, fragte Toni.

»Duck dich, damit sie uns nicht sieht.«

Toni duckte sich. Tom lehnte sich weit zurück in seinem Sitz.

»Warum duckst du dich nicht?«, fragte Toni.

»Ich muss doch sehen, wo sie hingeht.«

Marion bog rechts ab und ging in den Südpark.

»Kannst hochkommen. Sie ist im Park.«

Toni richtete sich auf und zündete sich eine Zigarette an. Seine Hände zitterten leicht. »Hat sie dich gesehen?«

»Nein.«

»Und jetzt?«

»Jetzt warten wir, bis sie zurückkommt.«

»Und dann?«

»Dann fahren wir nach Hause«, sagte Tom.

»Was hat das Ganze dann gebracht?«

»Wir wissen, dass sie einen Hund hat. Wir wissen, dass sie mit dem Hund in den Park geht. Und morgen kommen wir zurück mit einem Hund, Erol und Sebastian.«

Toni lachte.

»Toni, wir machen das richtig. Wir bereiten uns vor. Wir planen. Das macht man so.«

»Wir haben keinen Hund«, sagte Toni.

»Meine Mutter hat einen.«

»Und was ist der Plan?«

21

Erol saß am Steuer des Taxis, Toni auf dem Beifahrersitz, hinten saßen Sebastian und Tom. Auf Toms Schoß hockte Otto, ein grauweißer Lhasa Apso.

»Warum haben der Hund so lange Haare? Ich sollen Termin bei Gülen machen für der Hund?«, fragte Erol.

»Das ist ein Lhaso Apso. Die Mönche in Tibet haben sie so gezüchtet. Die tragen die Hunde unterm Arm und wärmen sich ihre Hände an ihnen.«

»Warum nicht kaufen Handschuh?«, fragte Erol. »Billig und mehr praktisch.«

»Außerdem glauben die Mönche, dass buddhistische Priester als Lhasa Apso wiedergeboren werden, bevor sie als Mensch zurückkommen.«

»Also das Lhasa-Hund ist Priester, ja?«, fragte Erol.

»Vielleicht«, sagte Tom.

»Solange nicht Pipi macht«, sagte Erol.

»Otto ist stubenrein.«

Der Lhaso Apso gab ein Brummen von sich.

»Klingt nicht wie Hund das Geräusch, das Otto machen. Ist bestimmt Priester«, sagte Erol.

»Hier ist es«, sagte Toni.

Langsam fuhren sie an dem Haus der Löhningers vorbei. Wie am Abend zuvor war es hell erleuchtet.

»Lass Sebastian und mich am Park raus«, sagte Tom.

»Und Otto«, sagte Erol und fuhr zum Parkeingang.

»Also, ihr ruft an, sobald sie das Haus verlässt«, sagte Tom.

»Ja«, sagte Toni.

Tom, Sebastian und der Hund stiegen aus und gingen in den Park.

»Du musst Verkleidung anmachen«, sagte Erol zu Toni, bevor er losfuhr.

Toni holte eine Perücke – schwarze kinnlange Locken –, eine braune dicke Mütze und eine runde Brille aus der Plastiktüte, die im Fußraum stand, und setzte alles auf.

»Wie sehe ich aus?«, fragte er.

Erol und Toni lachten.

»Wie Mischung aus Verrücktem und hässliche Frau«, sagte Erol.

Ein paar Meter von dem Haus der Löhningers entfernt hielt Erol an.

»Hier können sehen, wenn rauskommen«, sagte Erol. »Und Parkeingang auch.«

Sie starrten aus dem Fenster. Zwanzig Minuten lang geschah nichts. Dann kam ein Mann die Straße entlang. Die Laternen und die Beleuchtung der Häuser spendeten genug Licht, um seine Gestalt auszumachen. Er trug einen grünen Parker, war mittelgroß, kräftig, aber nicht dick, wahrscheinlich um die vierzig und hatte kurze dunkle Haare. Vor dem Tor der Löhningers blieb er stehen. Er sah zu dem Haus.

»Wer ist das?«, fragte Toni.

»Woher sollen ich wissen«, sagte Erol.

»Was macht er?«

»Hat Handy«, sagte Erol.

Der Mann sprach in sein Telefon. Während er redete, ging er vor der Toreinfahrt auf und ab, blickte immer wieder zu dem Haus. Dann beendete er das Gespräch und ging zügig Richtung Park.

Jetzt nahm Toni sein Handy und rief Tom an.

»Hallo … Nein … ein Mann. Er stand vor ihrem Haus und hat telefoniert. Ich glaube, er war nicht zufällig dort. Er geht in den Park. Grüner Anorak, Jeans, dunkle kurze Haare, stämmig. So alt wie Erol, denke ich. Okay. Ja … Ja …«

»Da«, sagte Erol. »Ist das Frau?«

Toni nickte, er hatte noch immer Tom am anderen Ende der Leitung.

»Und jetzt kommt sie. Mit ihrem Hund. Warte … Ja … Sie geht auch Richtung Park … Okay. Ja … Ja … Sie ist am Eingang. Okay. Ich bleib dran.«

»Mach Lautsprechen, ich will hören«, sagte Erol.

Toni schaltete den Lautsprecher an.

»Sie sind beide hier … Er geht ein paar Schritte hinter ihr«, sagte Tom leise.

Einen Augenblick lang war nur Rascheln zu hören.

»Tom, bist du noch dran?«, fragte Toni.

»Ja«, flüsterte er. »Sie gehen jetzt nebeneinander. Sie reden.«

»Was sagen sie?«, fragte Toni.

»Wir sind zu weit weg. Wir gehen jetzt näher ran. Ich rufe gleich wieder an.«

Tom hatte aufgelegt.

»Wer das wohl ist?«, fragte Toni.

»Keine Ahnung«, sagte Erol.

»Es ist nicht ihr Mann, nicht ihr Stiefsohn, und offensichtlich will sie nicht mit ihm gesehen werden«, sagte Anton.

»Woher wissen das?«, fragte Erol.

»Er hätte ja warten können, bis sie rauskommt, und sie hätten zusammen in den Park gehen können, oder?«

»Ja«, sagte Erol.

»Und irgendwie passt er nicht in die Gegend.«

»Wir auch nicht«, sagte Erol.

»Genau. Und schau, was wir hier machen. Wir spionieren.«

»Wir Spione.« Erol lächelte stolz.

Dann klingelte Tonis Telefon, er schaltete dieses Mal sofort den Lautsprecher an.

»Wir konnten nichts hören. Als sie uns gesehen haben, haben sie ihre Unterhaltung beendet. Er ist in die eine Richtung gegangen, sie in die andere«, sagte Tom.

»Kannst du sie noch sehen?«, fragte Toni.

»Nur Marion.«

»Er kommt aus Park«, sagte Erol.

»Wir verfolgen ihn«, sagte Toni.

22

Im Stechschritt ging der Mann die Straße am Park entlang. Er marschierte am Haus der Löhningers vorbei, ohne aufzublicken. Erol startete den Wagen und folgte dem Unbekannten.

»Taxi beste Tarnung«, sagte Erol. »Wenn er sehen uns, wir so tun, als ob ich Hausnummer suchen.«

Der Mann bog auf die Bonner Straße ab. Vor einem braunen Backsteinhaus blieb er stehen.

»Geht er da rein?«, fragte Toni.

Erol fuhr rechts ran.

»Da, er haben Auto«, sagte Erol und deutete auf einen roten Opel Astra. Der Mann stieg ein, startete den Motor und fuhr los.

»Okay. Jetzt Verfolgung«, sagte Erol und lachte, »wie Film, Toni. Wir richtige Spione.«

Erol ließ ein paar Autos vor, um genug, aber nicht zu viel Abstand zwischen ihnen und dem roten Opel zu lassen. Sie kamen an einen Kreisverkehr.

»Er fährt auf die A4«, sagte Toni.

Etwa zehn Kilometer blieben sie auf der A4.

»Du machst das richtig gut, es sind immer genau drei Autos zwischen uns«, sagte Toni.

Erol lächelte. »Weißt du, isch immer haben getraumt von so was.«

»Jemanden zu verfolgen?«

»Ja … so ein bisschen Spion oder Detektiv. Wie Film.«

Am Kreuz Köln-West folgten sie dem Opel auf die A1 Richtung Dortmund/Düsseldorf.

»Wo er wohl hinfährt?«, fragte Toni.

»Hoffentlich nicht bis nach Dusseldorf, Gülen flippen aus, wenn isch zu spät nach Hause bin.«

»Was kommt nach Düsseldorf?«, fragte Toni.

»Dortmund«, sagte Erol.

»Bielefeld. Hannover«, sagte Toni.

»Was ist, wenn er fahren nach Hamburg oder zu die Ossis?«, fragte Erol.

Toni zuckte mit den Schultern.

»Oh, Allah. Gülen flippen aus.«

Fünf Minuten vergingen.

»Er nimmt die Ausfahrt Köln/Zentrum«, sagte Toni erleichtert.

Vier Kilometer folgten sie der A57.

»Er fahren Ehrenfeld«, sagte Erol.

Parkgürtel, Ehrenfeldgürtel, Merkenstraße.

Der rote Opel fuhr langsam, jetzt waren sie direkt hinter ihm.

Toni nahm die Mütze und die Perücke ab.

»Suchen sicher Parkplatz«, sagte Erol.

»Ja«, sagte Toni, »sieht ganz so aus.«

»Warum du machen Verkleidung ab?«

»Weil die Verkleidung zu sehr nach Verkleidung aussieht.«

»Gülen hatte Karneval das Perücke an.«

»Er parkt.«

Der Opel hielt in der Nähe des Spielplatzes am Brandtsplatz.

»Da ist noch ein Parkplatz«, sagte Toni.

»Ich parken?«, fragte Erol.

»Ja. Er steigt aus«, sagte Toni.

Der Mann ging direkt an Erols Taxi vorbei, beachtete sie aber nicht. Es war kurz nach zehn, noch waren einige Menschen und Autos unterwegs.

»Hinterher«, sagte Toni, »bevor wir ihn verlieren.«

»Zu Fuß?«

»Ja. Komm.«

Sie stiegen aus. »Erzähl mir was«, sagte Toni.

»Was ich sollen erzählen?«

»Irgendwas. Wir müssen ganz normal wirken.«

Der Mann ging ein paar Meter vor ihnen.

»Berkan wieder schlechte Noten in Schule. Weißt du, ich wünschen, ich können mehr helfen. Aber in Deutsch ich kann nicht helfen. Das tun weh. Gülen haben recht. Ich muss besser lernen Sprache. Aber ist schwer. Und ich will unterhalten, und wenn ich alles richtig machen muss, ich nur konzentrieren und kein Spaß. Weißt du, so viele Worte in mein Kopf, und kommen alles falsch raus. Aber du verstehen mich, Toni.«

Toni nickte. »Ich habe nie eine andere Sprache gelernt. Ein paar Brocken Englisch, aber als mal ein echter Engländer in den Laden kam, habe ich kein Wort verstanden. Ich bewundere dich.«

»Ah, Toni bewundern mich. Immer zu nett.«

»Nein. Ich bewundere dich wirklich.«

»Er bleiben stehen«, sagte Erol und stieß Toni mit dem Ellbogen an.

Der Mann hielt vor einem dreistöckigen Reihenhaus. Im Erdgeschoss befand sich ein Elektrogeschäft. Zwei

Waschmaschinen, ein Geschirrspüler und ein Kühlschrank standen im Schaufenster. Der Mann zog einen Schlüssel aus der Tasche, öffnete die Haustür und ging hinein.

Toni und Erol wechselten auf die andere Straßenseite, so hatten sie das gesamte Haus im Blick. Im Treppenhaus ging Licht an.

»Da«, sagte Erol und deutete auf ein Fenster. »In die zweite Etage Lampen jetzt an.«

»Komm«, sagte Toni. Er überquerte die Straße, Erol folgte ihm.

»Klingeln?«, fragte Erol, als sie vor der Haustür standen.

»Nein. Wir gucken, wie er heißt.«

Sieben Namensschilder waren angebracht. Ganz unten *Elektro Töpfner / Geschäft*. Die anderen lauteten: *C. Tekin, Ünal, Yavuz, M. Töpfner, E. Aslan, B. Yilmaz.*

»Ist M. Töpfner«, sagte Erol.

»Woher weißt du das?«

»Alles anderen türkische Namen. Und Mann nicht Türke. Ich haben gesehen Gesicht. Deutsche Mann.«

Toni nickte. »Dann gehört ihm wahrscheinlich das Geschäft.«

»Wie du. Unten Laden, oben wohnen. Du haben besser als Töpfner. Ganze Haus gehören dir. Hier wohnen Haufen Leute«, sagte Erol.

»Ja, aber das Haus ist auch viel größer.«

»Ich lieber haben kleinen Haus alleine als große mit viele Leute.«

23

Lass Falafel gehen. Ich haben Hunger«, sagte Erol. »Und Gülen anrufen.«

»Und wir müssen Tom und Sebastian anrufen. Ich hoffe, die warten nicht im Südpark auf uns«, sagte Toni.

Sie gingen Richtung Ehrenfeldgürtel. Toni holte sein Handy aus der Jackentasche.

»Fünf verpasste Anrufe von Tom«, sagte er. »Es hat doch gar nicht geklingelt?«

Erol nahm Toni das Handy aus der Hand. »Du Ton ausgemacht.«

»Das Ding ist mir eine Rätsel«, sagte Toni, als Erol ihm sein Telefon zurückgab.

Toni rief Tom an. »Hallo … Ja … Ehrenfeld. Okay … Er heißt M. Töpfner, glaube wir. Zum Falafel-Laden … Subbelrather Straße … Okay … Ja.«

Toni legte auf. »Sie kommen hierher«, sagte er zu Erol.

»Ich haben mein Telefon in Auto. Kann ich anrufen Gülen?«

»Klar.«

Erol rief Gülen an. »Nicht Toni, Erol. Gülen schrei nicht so, bitte. Tut mich leid … *mir* leid. Ich bin mit Toni … *Evet*, *evet*, *evet*. Gülen, ich essen nur Falafel, dann kommen nach Hause … Dann ich komme nach Hause … Dann komme ich nach Hause. *Evet*.«

»Ist sie sauer?«, fragte Toni.

»Ist sauer«, sagte Erol.

Im Falafel-Laden lief arabische Musik. Zwei junge Männer standen hinter der Theke. Es roch nach Frittierfett. Nur einer der drei Plastiktische war belegt.

»Ich bestellen. Was willst du?«

»Einen kleinen Falafel-Teller«, sagte Toni.

Er setze sich an den hintersten Tisch. Mit einer Papierserviette wischte er die Essensreste weg.

Kurz nachdem Erol mit zwei Falafel-Tellern – einem kleinen, einem großen – zurückkam, tauchten Tom und Sebastian auf. Tom trug Otto auf dem Arm und hatte seine Jacke über ihn gelegt, sodass nur die Schnauze des Hundes zu sehen war.

»Ist ein Schild an der Tür: *Keine Hunde*«, sagte Tom.

Toni und Erol berichteten von ihrer »Verfolgungsjagd«, wie Erol es nannte. Dann erzählten Sebastian und Tom, was sich im Südpark ereignet hatte.

»Sie war nervös«, sagte Sebastian, »und er schien aufgebracht zu sein.«

»Sie kennen sich, sie kennen sich auf jeden Fall, und irgendetwas stimmt da nicht«, sagte Tom.

»Marion hat versucht, ihn zu beruhigen. Sie hat ihre Hand auf seinen Arm gelegt«, sagte Sebastian.

»Ja«, sagte Tom, »und dann, als sie uns gesehen haben, haben sie ihr Gespräch sofort beendet. Sie haben so getan, als ob sie gerade erst aufeinandergetroffen sind. Marion hat ›Guten Abend‹ zu ihm gesagt, und er ist Richtung Parkausgang gegangen. Dann hat sie ›Guten Abend‹ zu uns gesagt. Ich habe versucht, sie in ein Gespräch zu verwickeln. Habe sie gefragt, wie alt ihr Hund ist und wie er heißt.«

Sebastian nickte. »Sie war kurz angebunden. ›9 Jahre. Bruno. Guten Abend.‹ Und weg war sie.«

»Wir müssen herausfinden, was Marion und dieser Töpfner miteinander zu tun haben«, sagte Tom.

»Vielleicht …«, begann Toni, aber er brach ab. »Ich habe keine Ahnung.«

»Ich will wissen, wo der Anwalt sein«, sagte Erol.

»Ja«, sagte Sebastian.

»Irgendetwas stimmt da nicht«, sagte Tom noch mal.

Otto gab ein Brummen von sich.

»Priester sprechen«, sagte Erol. »Vielleicht wollen Falafel.«

Er hielt Otto eine Stückchen Falafel hin, der Hund aß es gierig.

»Haben Hunger die Hund«, sagte Erol.

»Hunde habe immer Hunger«, sagte Tom.

»Ich glaube, es läscheln mich an«, sagte Erol. »Süße Hund.«

Nach dem Essen gingen sie zusammen zu Erols Taxi. Er fuhr sie zu Tonis Laden, dort hatten Sebastian und Tom ihre Autos geparkt.

Toni war schon in seiner Wohnung, als Tom anrief.

»Ich habe meine Schlüssel vergessen. Können Otto und ich bei dir schlafen? Ich will meine Mutter nicht aus dem Bett klingeln.«

»Klar«, sagte Toni.

»Ich stehe vor deiner Haustür«, sagte Tom.

Toni drückte auf und hörte Tom die Treppe hochsteigen.

»Komm rein.«

»Danke«, sagte Tom.

»Da warst du aber schnell«, sagte Toni.

»Bin gar nicht erst losgefahren. Sollte mir angewöhnen, alle Schlüssel an einen Bund zu machen.«

Toni führte Tom in das Schlafzimmer, in dem sein Kinderbett und das Ausziehsofa standen.

»Das Bett ist frisch bezogen, aber vielleicht zu klein. Lass uns das Sofa ausziehen.«

Zusammen richteten sie das Sofa her.

»Ich kann mich nicht erinnern, wann hier das letzte Mal jemand übernachtet hat. Kann mich auch nicht daran erinnern, wann ich das Sofa gekauft habe – ist wohl ein paar Jahre her«, sagte Toni. »Warte kurz.«

Toni verließ das Zimmer und kam mit einem karierten Flanell-Pyjama zurück. »Für dich«, sagte er und legte den Pyjama auf das Sofa. »Frisch gewaschen.«

»Danke«, sagte Tom.

»Braucht Otto Wasser?«, fragte Toni.

»Ja, vielleicht.« Sie gingen in die Küche. Otto trabte hinter ihnen her.

Toni füllte eine Schüssel mit Wasser und stellte sie auf den Boden. »Bier?«

»Ja«, sagte Tom.

»Bin froh, dass ihr hier seid. Es ist schön, nicht allein zu sein.«

Tom klopfte Toni auf die Schulter. »Ich bin auch froh, hier zu sein. Prost.«

»Prost. Da lernt man eine Frau kennen, und plötzlich ist alles kompliziert. Und ich versuche, eine Erklärung zu finden, aber es gibt keine. Jedenfalls keine, bei der … na ja, bei der Greta wirklich Interesse an mir hatte.«

»Es gibt keine Greta«, sagte Tom.

»Dann halt Marion, die Frau in die ich mich … ach. Ich

bin ein Trottel«, sagte er, zuckte mit den Schultern und lächelte.

»Bist du nicht, Toni.«

Otto brummte.

»Macht Otto immer solche Geräusche?«, fragte Toni.

»Ja. Er bellt fast nie, brummt nur.«

»Ich mag Otto.«

»Gelten als Glücksbringer. Zumindest in Tibet.«

24

Als Toni die Wohnung verließ, um den Laden aufzumachen, schliefen Tom und Otto noch. Toni hatte einen kurzen Blick in sein altes Kinderzimmer geworfen – die Tür war nur angelehnt. Tom und Otto lagen auf dem Ausziehsofa, sie bemerkten ihn nicht.

Toni spürte einen sanften Stich in seinem Herzen. Endlich erfüllte das Sofa seinen Zweck. Anders als gestern behauptet, erinnerte Toni sich genau daran, wann er es gekauft hatte. Wenige Wochen nachdem Elisabeth ihn verlassen und er sich nicht hatte vorstellen können, allein in der Wohnung zu sein oder neben einer anderen Frau als Elisabeth einzuschlafen. Gäste wollte er, und wenn man ein Gästebett hat, dann kommen auch Gäste, hatte Toni gedacht. Er wusste sogar noch, wie viel er für das Sofa bezahlt hatte. 275 Mark. Es war das Jahr gewesen, in dem die Fußballweltmeisterschaft in den USA ausgetragen worden war und Brasilien im Endspiel gegen Italien gewonnen hatte. Die Entscheidung brachte das Elfmeterschießen. Das hatte es bei einer WM noch nie gegeben.

Toni schaltete die Beleuchtung an und schloss die Ladentür auf. Während er auf Kundschaft wartete, las er die Tageszeitungen. Er fand nur einen kurzen Artikel im *Express* über Löhningers Verschwinden, in dem nichts Neues berichtet wurde.

Um 8 Uhr betrat Herr Giesel den Laden. Herr Giesel

war schon ein Stammkunde gewesen, als Tonis Vater den Laden noch geführt hatte. Herr Giesel war 98 Jahre alt. Er ging auf einen Spazierstock gestützt. Sommer wie Winter trug er einen grauen Fedora auf dem Kopf. Er kam alle zwei Wochen und kaufte eine Stange Marlboro.

Toni holte die Zigaretten aus dem Regal.

»Was schulde ich dir, mein Junge?«, fragte Giesel. Für ihn war Toni der Junge, würde es immer bleiben.

»Nichts, Herr Giesel, ich schreibe es an.«

»Wie viel ist auf meinem Deckel?«, fragte Giesel.

»Nichts. Alles bezahlt.«

Seit fast zwanzig Jahren schenkte Toni dem alten Mann seine Zigaretten. Giesels Rente reichte gerade für Miete und Nahrung. Toni hatte herausgefunden, dass Giesel seine Gaben nur akzeptierte, wenn er behauptete, es anzuschreiben.

»Weißt du, mein Junge, heute Nacht habe ich von Schokolade geträumt.«

Toni packte ein Snickers, ein Twix und eine Tafel Ritter Sport ein.

»Zigaretten und Schokolade, alles in der Tüte.«

»Das ist ja wunderbar, mein Junge. Was kostet die Schokolade?«

»Ich schreibe es an.«

»Danke, mein Junge«, sagte Herr Giesel.

Um 10 Uhr kam Tom mit Otto auf dem Arm durch die Hintertür. Er trug den Flanell-Pyjama.

»Ich will den Schlafanzug gar nicht mehr ausziehen. So weich und warm, und Otto ist auch weich und warm. Die haben da was ganz Großartiges erfunden, die tibetanischen Mönche. Einen tragbaren Hund. Und wer auch immer Flanell erfunden hat, auch ihm gilt meine Hochachtung. Lange nicht mehr so gut geschlafen.«

Tom nahm auf einem der Flugzeugsitze Platz. Otto rollte sich auf seinem Schoß zusammen.

»Ich habe Neuigkeiten«, sagte er. »Helen hat mich angerufen.«

»Die Ex-Freundin, die bei der Zeitung arbeitet?«

»Ja, beim *Stadtanzeiger*. Sie hat gesagt, dass Löhningers Kinder am Sonntag eine große Suchaktion starten werden und um freiwillige Helfer bitten. Das ist noch nicht offiziell, es wird heute Abend bekannt gegeben. Die Suche soll in Marienburg und Umgebung stattfinden. Und ich denke, wir sollten da mitmachen. Vielleicht bekommen wir etwas raus.«

»Dann glauben die anscheinend, dass er tot ist. Oder?«

Tom zuckte mit den Schultern. »Es fehlt jede Spur von ihm, und sein Auto haben sie auch noch nicht gefunden. Helen hat gesagt, dass die Polizei nach dem Fernsehbeitrag Hunderte Tipps bekommen hat, aber bisher haben die zu nichts geführt. Helen kennt jemanden bei der Kripo, sie hat versprochen, mich auf dem Laufenden zu halten.«

»Nett von Helen«, sagte Toni.

»Helen ist noch immer ein bisschen verliebt in mich.«

»Du hast sie verlassen?«, fragte Toni.

»Ja. Weil Helen unendlich langweilig ist und ich nie wirklich in sie verliebt war.«

»Arme Helen«, sagte Toni ernst.

»Nee. Wir haben nicht zusammengepasst. Helen wird irgendwann einen Lehrer oder Professor heiraten und sehr glücklich mit ihm werden.«

»Und du?«

»Ich? Keine Ahnung. Wahrscheinlich ende ich wie meine Mutter. Sie war zwar nur einmal verheiratet, mit meinem Vater, aber – und jetzt halte dich fest – 34 Mal verlobt. Kein Witz.«

Toni lachte.

»Ich denke, in deiner Mittagspause sollten wir nach Ehrenfeld fahren und das Geschäft von Töpfner auschecken«, sagte Tom.

»Gute Idee.«

»Wo hast du den Pyjama her? Ich will auch so einen«, sagte Tom.

»Schenke ich dir.«

»Das kann ich nicht annehmen.«

»Doch. Ich habe Dutzende. Und der ist mir ein bisschen zu eng.«

Tom lächelte. »Ach Toni, du bist viel zu gut für diese Welt.«

»Quatsch«, sagte Toni.

25

Elektronik Töpfner seit 1952 stand in weißer Schrift auf der gläsernen Eingangstür. Toni und Tom betraten das Geschäft. Es war etwas größer als Grubers Tabacchi, wirkte aber kleiner, weil es komplett mit Elektrogeräten – Waschmaschinen, Trocknern, Geschirrspülern, Herden, Kühlschränken – zugestellt war. Vor der Kasse waren Staubsauger aufgebaut, auf der Theke und in einem Regal hinter der Theke standen Kaffeemaschinen, Wasserkocher, Eierkocher und Wecker.

Trotz der Deckenbeleuchtung war es düster. Der grüne Filzteppichboden abgetreten. Toni fühlte sich an seinen Laden erinnert, ein Geschäftsmodell, das aus der Mode gekommen war.

Hinter der Theke stand der Mann, den sie gestern verfolgt hatten. Tom und Toni stupsten sich an, um dem anderen zu signalisieren, dass sie ihn erkannt hatten.

»Herr Töpfner?«, fragte Tom.

»Ja.«

»Guten Tag, wir sind auf der Suche nach einer Waschmaschine«, sagte Tom.

»Frontlader oder Toplader?«, fragte Töpfner routiniert.

»Frontlader«, sagte Tom.

»Dann kommen Sie mal mit.«

Toni betrachtete Herrn Töpfner, den er gestern nur im Dunkeln gesehen hatte, genauer. Mitte vierzig. Ein bisschen ungepflegt. Seine Haare waren dunkelbraun, an den Schläfen ergraut, die Augen blaugrau, blasse Haut. Breite Schultern, kräftige Arme. Nichts an seinem Aussehen war besonders auffällig.

Herr Töpfner zeigte ihnen eine Waschmaschine.

»Bosch«, sagte er, »wäscht 8 kg, verbraucht unter 10 000 Liter im Jahr.«

»Seit wann gehört Ihnen das Geschäft?«, fragte Toni.

»Mein Vater und mein Onkel haben den Laden 1952 eröffnet. Ich habe ihn Mitte der Neunziger übernommen. Aber ich werde bald dichtmachen.«

»Oh, das tut mir leid«, sagte Toni.

»Mir nicht«, sagte Herr Töpfner und lachte bitter. »Ich bin froh, einfach nur froh. Also, was denken Sie?«, fragte er.

Toni zuckte zusammen. »Was … was ich denke? Wo… Worüber?«

»Waschmaschine«, sagte Töpfner.

»Oh ja«, sagte Toni.

»Wie viel kostet das gute Stück?«, fragte Tom.

»645«, sagte Töpfner.

»Haben Sie ein günstigeres Modell?«

»Ja, aber das ist dann auch von der Qualität nicht das Gleiche.«

Töpfner zeigte ihnen noch drei weitere Waschmaschinen.

»Schwierige Entscheidung«, sagte Tom, »da müssen wir drüber nachdenken. Haben Sie eine Visitenkarte mit Telefonnummer?«

Töpfner nickte. Er ging zur Kasse und gab Toni und Tom seine Karte.

»Nicht zu lange nachdenken. Wie gesagt, bald gibt es den Laden nicht mehr. Kann Ihnen auch ein paar Prozente Nachlass geben.«

»Was kommt hier rein, wenn es Sie nicht mehr gibt?«

»Keine Ahnung, das wird der Vermieter entscheiden. Und ehrlich gesagt, interessiert es mich auch nicht.«

Toni und Tom gingen zu Toms Auto, in dem Otto wartete. Sie hatten ihn nicht mitgenommen. Tom war sich sicher, dass Töpfner ihn nicht wiedererkennen würde, aber Otto war ein sehr auffälliger Hund.

»Michael heißt er also«, sagte Toni, »Michael Töpfner.«

»Woher kennt Michael Töpfner Marion Löhninger?«, fragte Tom.

»Vielleicht hat sie eine Waschmaschine bei ihm gekauft?«

»Und dann trifft man sich spätabends im Park, um den Wasserverbrauch zu besprechen, oder was?«

Toni schüttelte den Kopf. »Weißt du, was ich komisch finde? Dass er kein bisschen traurig oder zumindest sentimental zu sein scheint. Ich meine, klar, es ist nicht einfach. Einzelhandel in der heutigen Zeit. Aber trotzdem muss es doch schwer sein, ein Familienunternehmen nach 60 Jahren Existenz aufzugeben. Und dass er froh ist, war nicht nur so dahergesagt. Das hat er ernst gemeint. Das konnte man spüren. Und es ist ja nicht so, dass er das Ladenlokal für eine ordentliche Stange Geld verkaufen könnte. ›Vermieter‹ hat er gesagt, also gehört ihm das Gebäude nicht. Und er ist ja noch jung. Wird ja wohl kaum in Rente gehen.«

»Ja, da ist was dran. Vielleicht hat er ja im Lotto gewonnen«, sagte Tom.

Toni lachte.

Sie fuhren zurück. Toni hatte noch eine gute Stunde, bis er den Laden wieder aufmachen musste. Sie gingen nach oben in die Wohnung.

»Ich habe noch Frikadellen und Kartoffelpüree im Kühlschrank. Mach ich uns warm, ja?«

»Gern«, sagte Tom.

Während Toni das Essen zubereitete, zog Tom wieder den Pyjama an. »Vielleicht schlafen Otto und ich noch eine Nacht hier«, sagte er.

»Ja«, sagte Toni. Er stellte das Essen auf den Tisch und eine Schüssel mit einer klein geschnittenen Frikadelle auf den Boden.

»Ich tue noch was Schinken für Otto dazu«, sagte er. »So eine Frikadelle ist ja nichts.«

26

Der Treffpunkt für die freiwilligen Helfer war im Südpark. Die Kinder von Uwe Löhninger hatten ganze Arbeit geleistet. In einem riesigen Pavillon, der mitten im Südpark aufgebaut worden war, standen Tische zur Anmeldung. Helfer in roten Jacken notierten die Namen der Freiwilligen und teilten sie in Gruppen ein. Jede Gruppe bekam einen Stadtplan, auf dem das Haus der Löhningers und die Kanzlei markiert waren und ein bestimmtes Gebiet in Marienburg, Bayenthal, Raderthal oder Rodenkirchen, das sie absuchen sollten.

Außerdem erhielten sie einen Stapel Farbkopien von Fotos: Dr. Uwe Löhninger, sein Auto, sein Handy, die Kleidung, die er am Tag seines Verschwindens getragen hatte, seine Aktentasche, sein Portemonnaie, seine Armbanduhr, sein Ehering und seine Brille.

Mehr als 400 Freiwillige waren gekommen. Unter ihnen eine Gruppe Hundeführer mit Spürhunden. Polizei und Presse waren anwesend.

Auch Karl und Caroline Löhninger trugen rote Jacken. Sie schüttelten Hände, bedankten sich.

»Name?«, fragte ein junger Mann mit Nickelbrille.

»Anton Gruber.«

»Erol Ölmez.«

»Sebastian Thiele.«

»Tom Seibert.«

»Sie gehören zusammen?«

»Ja«, sagte Sebastian.

»Dann machen wir aus Ihnen eine kleine Gruppe.« Der Nickelbrillen-Mann holte die Unterlagen hervor. »Sind Sie mit dem Auto hier?«

»Ja«, sagte Erol.

»Gut.« Der Mann zeigte auf den Stadtplan. »Der neue Friedhof Rodenkirchen. Ich würde Sie gern dorthin schicken. Der Eingang ist an der Sürther Straße. Der Friedhof ist ungefähr fünf Hektar groß. Hier ist ein Plan von der Anlage. Schauen Sie sich genau um, hinter Gräbern, in Abfalltonnen, in Gießkannen. Und hier sind ein paar Bilder: Herr Löhninger, sein Auto, Kleidung und Gegenstände, die er bei sich hatte … Ring, Uhr, Brille und so weiter. Sollten Sie einen der Gegenstände, Herrn Löhninger oder sein Auto finden, rufen Sie eine dieser Nummern an«, er zeigte auf ein Blatt mit verschiedenen Telefonnummern. »Falls Ihnen irgendetwas auffällt oder ungewöhnlich vorkommt, rufen Sie bitte auch an.«

Während der Nickelbrillen-Mann redete, ließ Toni seinen Blick durch das Zelt wandern. Marion Löhninger müsste doch hier sein, schließlich war die ganze Suchaktion für ihren Mann. Aber er sah sie nicht.

»Was meinen Sie mit ›ungewöhnlich‹?«, fragte Tom.

»So genau weiß man das vorher nicht. Zum Beispiel … also etwas, das nicht auf den Friedhof gehört, oder … Na ja, wie gesagt, so genau weiß man das vorher nicht. Die Friedhofsverwaltung ist informiert, dass wir eine Gruppe dorthin schicken. Hier sind Buttons, die Sie als Teil des Suchteams ausgeben. Wenn Sie sich die bitte anstecken könnten.«

Alle vier steckten sich den Button mit der Aufschrift *Suche nach Dr. Uwe Löhninger – Freiwilliger Helfer* an.

»Hat jemand von Ihnen ein Handy, damit Sie auch anrufen können?«

»Ja«, sagte Tom.

»Gut. Sie sind Gruppe 27. Karl Löhninger wird Ihnen noch ein paar Worte mit auf den Weg geben. Vor dem Zelt. Und sobald Sie Ihre Suche beendet haben, kommen Sie bitte hierher zurück, um sich abzumelden.«

Mit den Unterlagen verließen die vier das Zelt. Draußen herrschte noch mehr Betrieb. Karl Löhninger versammelte die Gruppen, die zum Aufbruch bereit waren, um sich.

»Liebe Damen, liebe Herren, liebe Freunde, liebe Unbekannte, meine Schwester und ich danken Ihnen von ganzem Herzen, dass Sie sich heute Zeit genommen haben, um uns bei der Suche nach unserem Vater zu unterstützen. Wir sind außer uns vor Sorge. Nicht zu wissen, wo er ist, ob er lebt, ob er tot ist, ob er gegen seinen Willen festgehalten wird. Wir hoffen, dass uns der heutige Tag einer Antwort näherbringt. Die Polizei hat bereits in der vergangenen Woche intensive Suchaktionen durchgeführt und unterstützt uns auch jetzt. Zusammen mit der Polizei haben wir die Gebiete, die wir heute durchkämmen wollen, ausgewählt. Ich wünsche uns allen viel Glück. Und Danke.«

Die vier gingen zu Toms Auto.

»Ganz schön durchorganisiert«, sagte Tom.

»Hat jemand von euch Gre… Marion gesehen?«, fragte Toni.

»Nein«, sagten die anderen.

»Und der Sohn hat sie nicht erwähnt. ›Meine Schwester und ich danken Ihnen …‹«, sagte Sebastian.

Sie stiegen in Toms Auto.

»Also auf zum Friedhof«, sagte Tom und startete den Wagen.

»Das Auto oder der Mann wir nicht finden auf Friedhof«, sagte Erol. »Wäre doch gesehen, wenn eine Mercedes oder eine Mensch da rumliegen.«

Zehn Minuten dauerte die etwa fünf Kilometer lange Fahrt. Sie fanden einen Parkplatz ganz in der Nähe des Eingangs.

Sebastian sah sich den Plan des Friedhofs an. Die Anlage war in zehn Abschnitte eingeteilt.

»Fangen wir hinten im Abschnitt zehn an.«

»Du führst uns«, sagte Tom.

27

Sie gingen hintereinander. Sebastian voran. Gräber im Schatten der Bäume. Schlichte Platten, mannshohe Engel, Kreuze auf Sockeln. Manche nur mit Heidekraut und einem ewigen Licht geschmückt, andere bunt bepflanzt mit Wandelröschen, Petunien, Löwenmäulchen und Männertreu.

»Weißt du, in Islam schon anders mit Toten. Nicht so viel Blumen und nicht Kiste. Waschen die Toten, Leichentuch und dann Erde. Richtung Mekka«, sagte Erol.

»In Italien ist auf den Grabsteinen ein Foto der Toten angebracht«, sagte Toni. »Das finde ich schön.«

»Ich nicht denken gerne an Tod«, sagte Erol. »Glaube nichts so fest wie sein sollte. Berkan mich gefragt, als klein war: Wo geht man, wenn man tot?

Und ich gesagt: zu Allah.

Ist schön da?, hat er gefragt.

Ja. Paradies, habe ich gesagt.

Und Berkan gefragt: Bist du sicher?

Und ich gesagt: Ja.

Aber ich nicht sicher, ich deshalb schlechte Muslime. Gülen sagt, ich soll nicht verrückt machen. Gülen auch nicht gute Muslime. Aber ich will begraben werden nach Tradition. Nicht in Kiste«, sagte Erol.

Tom hob etwas vom Boden auf.

»Was ist das?«, fragte Toni.

»Eine Murmel«, sagte Tom.
»Sollen anrufen?«, fragte Erol.
»Nein«, sagte Tom, »nicht wegen einer Murmel.«
»Aber gehören Murmel auf Friedhof? Nein«, sagte Erol.
»Hat wahrscheinlich ein Kind verloren«, sagte Sebastian.
»Spielen Kinder noch mit Murmeln?«, fragte Toni.
»Mia hat Murmeln. Weil Kirsten das schön retro findet«, sagte Sebastian.
»Retro«, sagte Toni und lachte.
Sie schauten in Abfalltonnen und leere Gießkannen, hinter Grabsteine, unter Blumenschalen und fanden nichts.
Vor dem Denkmal für die Kriegsopfer des Zweiten Weltkriegs blieben sie stehen. Fünf steinerne Figuren, die auf dem Boden lagen. Zwei Soldaten, einer mit Trommel. Eine Mutter, die schützend ihr Kind hält. Ein ausgemergelter Mensch. Ein gefesselter Mann, überlebensgroß.
Sie umrundeten die Trauerhalle, zweimal. Ihr letzter Halt waren die Kriegsgräber. Kreuze aus grauem Stein.
»Adolf Linden«, las Sebastian. *»Geboren 05. 10. 1935, gestorben 28. 07. 1945*. Zehn Jahre alt.«
»Ob sie den armen Kerl nach Hitler benannt haben?«, fragte Toni.
Toms Telefon klingelte.
»Hallo ... Ja ...« Die Person am anderen Ende der Leitung sprach sicher drei Minuten ohne Pause. Dann sagte Tom: »Okay, wir sind bald da.« Er legte auf. »Das war Helen.«
»Die Ex vom *Stadtanzeiger*?«, fragte Sebastian.
»Ja«, sagte Tom. »Sie hat gehört, dass die Polizei endgül-

tig ausschließt, dass Uwe Löhninger freiwillig untergetaucht ist. Sie sind seine gesamten Finanzen durchgegangen. Alles lupenrein. Er hatte für Juni einen Urlaub mit der ganzen Familie – seinen Kindern, Enkelkindern und Marion – in Südfrankreich geplant. Außerdem hatte er am Tag vor seinem Verschwinden Termine für die Woche vereinbart und Freunde übers Wochenende eingeladen. Eine Entführung schließen sie jetzt auch aus – anfangs hatten sie das für sehr wahrscheinlich gehalten, aber es gab keine Lösegeldforderung. Und ein Unfall war sofort vom Tisch. Deshalb gehen sie von einem Verbrechen aus, vielleicht sogar von Mord.«

»Haben sie irgendeinen Verdacht?«, fragte Toni.

»Helen hat nichts gesagt. Aber ich bin mir sicher, dass Marion irgendetwas damit zu tun hat.«

»Das kann ich mir nicht vorstellen«, sagte Toni. »Sie ist …«

»Ach Toni …«, sagte Tom.

»Ich weiß, ich kenne Marion nicht, ich kenne nur Greta, die es nicht gibt. Trotzdem.«

»Wir treffen Helen im Südpark am Zelt. Vielleicht hat sie ja noch mehr Neuigkeiten«, sagte Tom.

»Hast du ihr eigentlich erzählt, warum du so interessiert an der Löhninger-Sache bist?«, fragte Sebastian.

»Nein. Ich habe gesagt, es sei kompliziert. Und wenn alles vorbei ist, lade ich sie zum Essen ein und erkläre es ihr.«

»Und dabei belassen wir es auch«, sagte Toni. »Ich will Greta … Marion nicht in Schwierigkeiten bringen.«

»Ich hoffe, dass wir Marion heute noch sehen und vor allem, dass sie dich sieht, Toni«, sagte Tom. »Das wird sie aus dem Takt bringen.«

»Wären toll gewesen, wenn wir gefunden hätten, die Ring oder die Handy«, sagte Erol.

»Ich bin gespannt, ob eine der anderen Suchgruppen etwas gefunden hat«, sagte Sebastian.

28

Noch immer waren viele Menschen im Südpark. Gruppen, die ebenfalls zurück waren von ihrer Suche, und andere, die erst jetzt aufbrachen. Vor dem Zelt waren Tische aufgebaut, auf denen Kaffee in Thermoskannen, kleine Wasserflaschen und Teller mit Keksen standen. Karl Löhninger gab etwas abseits vom Treiben ein Fernsehinterview.

»Da ist Helen«, sagte Tom und deutete auf eine junge Frau, die sich gerade Kaffee einschenkte.

Helen trug einen grauen Hosenanzug, Perlenohrringe und um den Hals ein Seidentuch. Ihre glatten blonden Haare waren zu einem Pferdeschwanz gebunden. Ordentlich sah sie aus, ein bisschen bieder.

Die vier gingen auf sie zu, und als Helen Tom sah, lächelte sie.

»Hallo«, sagte er und umarmte sie. »Das sind meine Freunde: Erol, Toni und Sebastian.«

Helen gab den Männern die Hand. Noch immer lächelte sie, aber in ihren Augen konnte man die Verwunderung über diesen Vierertrupp erkennen. Sie hatte sich Toms Freunde anscheinend anders vorgestellt, jünger, mehr wie Tom.

Schnell fasste sie sich und fragte: »Wo hat man euch hingeschickt?«

»Friedhof«, sagte Erol.

»Der neue in Rodenkirchen«, fügte Sebastian hinzu.

»Und habt ihr was gefunden?«

»Murmel«, sagte Erol.

Helen schaute die Männer fragend an.

»Eine Murmel, die wahrscheinlich ein Kind verloren hat«, sagte Toni.

»Aha«, sagte Helen.

»Waren andere erfolgreicher?«, fragte Tom.

»Bisher nicht. Soweit ich weiß.«

»Ist Marion Löhninger hier gewesen?«, fragte Sebastian.

Helen blickte sich um, überall standen Leute. »Lasst uns eine Runde durch den Park gehen. Zu viel Betrieb hier.«

Sie gingen einen der Wege entlang. Tom und Helen voran, die anderen drei hinter ihnen. Vor der lebensgroßen Bronzeskulptur eines Panthers blieben sie stehen. Das Tier hatte die Ohren angelegt und sah aus, als wolle es von seinem Sockel springen.

»Schönes Katze«, sagte Erol und berührte die metallene Schnauze des Panthers.

»Schön*e*«, sagte Tom.

Erol verdrehte die Augen. »Nicht jetzt«, sagte er.

Tom holte eine Packung Zigaretten aus seiner Jackentasche und bot den anderen eine an.

»Du rauchst noch immer?«, fragte Helen.

»Ja.«

Toni, Sebastian und Erol nahmen sich eine.

»Eigentlich rauche ich nicht«, sagte Sebastian zu niemand Bestimmtem.

»Helen?«, fragte Tom und hielt ihr die Packung hin.

»Wenn alle rauchen«, sagte sie und nahm sich auch eine.

Einen Moment lang rauchten sie schweigend.

»Also war Marion Löhninger da?«, fragte Sebastian erneut.

»Ja«, sagte Helen, »aber nur kurz. Die Gerüchte, dass sie und Uwe Löhningers Kinder ein angespanntes Verhältnis haben, stimmen. Ich habe gehört, dass sie Marion verdächtigen, etwas mit dem Verschwinden ihres Vaters zu tun zu haben und ...«

»Ich auch«, sagte Tom.

Helen lächelte spöttisch. »Du und seine Kinder. Und die Polizei anscheinend auch. Sie haben Marion Löhninger heute Morgen zum zweiten Mal verhört. Sie war die letzte Person, die ihn gesehen hat, die Einzige, die bezeugen kann, dass er das Haus am Morgen verlassen hat. Und eine der drei Personen, die finanziell von seinem Tod profitieren würde.«

»Wer sind die anderen beiden?«, fragte Toni.

»Seine Kinder, aber die wohnen nicht in Köln und haben wasserfeste Alibis«, sagte Helen.

»Aber niemand weiß, ob er wirklich tot ist«, sagte Toni. »Ich meine, seine Leiche haben sie nicht gefunden.«

»Noch nicht«, sagte Helen.

»Und ... also sie hätte sich doch auch einfach scheiden lassen können. Sie würde doch hohe Unterhaltszahlungen bekommen.«

Helen blickte sich um, um sicherzugehen, dass niemand in ihrer Nähe stand. Obwohl sie allein waren, sprach Helen leise. »Ich habe gehört, dass es einen Ehevertrag gibt. Was Marion Löhninger im Fall einer Scheidung zukommen würde, ist ein Witz verglichen mit der Summe, die sie erben würde. Was ich euch erzähle, müsst ihr für euch behalten. Jedenfalls dürft ihr niemandem sagen, dass ihr solche Informationen von mir habt.«

Die Männer nickten.

»In der Zeitung stand, dass sein Verschwinden vielleicht mit einem seiner Prozesse zu tun haben könnte«, sagte Toni.

»Soweit ich weiß, glaubt die Polizei das inzwischen nicht mehr. Sie haben die Mutter des Opfers im Fall Simon Kurtis befragt.« Helen holte ein Döschen mit Pfefferminzpastillen aus ihrer Tasche.

»Will jemand?«

Die anderen schüttelten den Kopf. Helen steckte sich eine Pastille in den Mund. »Und du, Tom, schuldest mir eine Erklärung für eure Detektivambitionen. Und ein Essen.«

»Ja. Wenn … wenn das alles vorbei. Geschworen, versprochen«, sagte Tom.

Helen lächelte.

29

Wir müssen uns noch abmelden«, sagte Sebastian, als sie wieder am Zelt angelangt waren.

»Und ich muss zurück an die Arbeit«, sagte Helen. »Löhningers Tochter hat uns ein Interview versprochen.« Sie verabschiedete sich und ging zu einer Gruppe Journalisten, die etwas abseits vom Geschehen stand.

Sebastian, Toni, Erol und Tom betraten zusammen das Zelt. Der Nickelbrillen-Mann wickelte gerade eine andere Gruppe ab. Die vier warteten, bis er fertig war.

Sebastian legte die Unterlagen, die sie am Morgen erhalten hatten, auf den Tisch. »Vielleicht wollen sie die zurück.«

»Danke. Gut mitgedacht«, sagte der Nickelbrillen-Mann und warf einen Blick auf die Blätter. »Gruppe 29, Neuer Friedhof«, sagte er. »Sie haben nichts gefunden? Ihnen ist nichts aufgefallen?«

»Wir haben Murmel gefunden«, sagte Erol.

Die anderen seufzten.

»Eine Murmel, eine Glasmurmel«, sagte Toni.

Der Mann nickte. »Eine Murmel hilft uns leider nicht weiter. Draußen steht Kaffee zur Stärkung bereit. Im Namen der Familie möchte ich Ihnen noch einmal für Ihre Mithilfe danken.«

Sie waren schon fast draußen, als Tom Toni anstieß. »Da ist Töpfner«, sagte er. Und dann zu Sebastian und Erol. »Töpfner.«

Michael Töpfner stand mit fünf älteren Damen, die alle einen Pullover mit der Aufschrift *Colonia-Hexen* trugen, in der linken Ecke nahe dem Eingang.

»Ich glaube, die melden sich auch gerade ab«, sagte Tom. »Er wird sicher gleich rauskommen.«

Die vier positionierten sich vor dem Zelt. Während Sebastian an einem der Tische, auf denen der Kaffee stand, vier Pappbecher füllte, behielt Tom den Eingang im Auge.

»Das ist kein Zufall«, sagte er.

»Er kommt raus«, sagte Toni.

Töpfner ging ebenfalls zu den Kaffee-Tischen.

»Herr Töpfner?«, sagte Tom, als der Mann nur noch ein paar Schritte von ihnen entfernt war.

Michael Töpfner zuckte zusammen. Verwirrt blickte er Erol, Tom, Toni und Sebastian, der den anderen gerade die Becher reichte, an.

»Was für ein Zufall«, sagte Tom.

Töpfner sah noch immer verwirrt aus.

»Wir«, Tom deutete auf Toni, »waren vor ein paar Tagen in ihrem Geschäft. Waschmaschine.«

»Ah ja«, sagte Töpfner, »ich erinnere mich.«

»Wir denken nach«, sagte Tom.

»Sie denken … äh … denken«, stammelte Töpfner.

»Waschmaschine«, sagte Tom.

»Ja … natürlich.«

»Und Ihr Geschäft ist noch geöffnet?«, fragte Tom.

»Ja. Noch … Ja«, sagte er.

»Was für ein Zufall«, wiederholte Tom. »Ich meine, Sie hier zu treffen.«

»Ich … ich wollte bei der Suche helfen. Ich … Und Sie?«

»Wir auch«, sagte Tom, »leider ohne Erfolg.«

»Hat Ihre Gruppe etwas gefunden?«, fragte Sebastian freundlich.

Töpfner schüttelte den Kopf. »Ich … ich muss jetzt los.«

»Herr Klein«, rief eine der fünf älteren Damen, mit denen Töpfner zusammengestanden hatte. Sie kam vom Zelteingang auf sie zu.

»Ich muss los«, sagte Töpfner und eilte davon, ohne auf die Dame zu warten.

»Herr Klein?«, sagte Sebastian zu den anderen.

»Herr Klein?«, sagten Toni und Tom.

»Falsche Name«, sagte Erol.

Dann stand die ältere Dame vor ihnen. »Wo ist denn der Herr Klein jetzt hin?«, fragte sie. »Wir wollten doch noch alle zusammen einen Kaffee trinken.«

»Der Herr Klein musste los«, sagte Tom.

»Das ist aber schade. So ein netter Mann«, sagte sie.

»Woher kennen Sie denn den Herrn Klein?«, fragte Sebastian.

»Oh, er wurde unserer Gruppe zugeteilt. Das war auch gut so. Wir sind ja ein bisschen älter. Da hat man gern einen kräftigen jungen Mann an der Seite.« Sie kicherte wie ein kleines Mädchen.

»Der gute Herr Klein«, sagte Tom.

Schließlich kamen die anderen Colonia-Hexen. Sie trugen nicht nur die gleichen Pullover, sondern hatten auch alle einen fast identischen Haarschnitt – schulterlange grau-blonde Haare, am Hinterkopf hochtoupiert.

»Ist der Herr Klein schon fort?«, fragte eine.

»Was sein Colonia-Hexen?«, fragte Erol.

»Ein Karnevalsverein«, sagte eine der Damen stolz.

»28 Mitglieder, aber wir sind nur zu fünft heute«, sagte

eine andere. »Wir fünf sind sozusagen die ständige Vertretung. Immer dabei.« Jetzt kicherten fünf Colonia-Hexen wie kleine Mädchen.

»Das ist aber schade, dass der Herr Klein schon weg ist«, sagte eine von ihnen.

»Dann müssen wir wohl ohne den Herrn Klein Kaffee trinken.«

Die Colonia-Hexen machten sich über Kaffee und Gebäck her.

Toni, Tom, Erol und Sebastian entfernten sich vom Kaffeestand.

»Vielleicht die nicht gut hören und Namen nicht verstanden«, sagte Erol.

»Klein. Töpfner. Klingt doch sehr verschieden«, sagte Toni.

»Wartet hier, ich gehe noch mal rein«, sagte Tom.

Er verschwand im Zelt und kam nach nur wenigen Minuten zurück.

»Töpfner hat sich als Marco Klein angemeldet. Hab's schwarz auf weiß gesehen.«

»Warum?«, fragte Erol.

»Weil er nicht will, dass jemand weiß, dass er hier war.«

»Aber wer sollen nicht wissen?«, fragte Erol.

»Vielleicht Gre… Marion«, sagte Toni.

»Oder die Polizei«, sagte Sebastian. »Heute Morgen, als wir uns angemeldet haben, ist mir aufgefallen, dass sich ein paar Tische weiter zwei Polizisten einen Stapel Papiere genau angesehen haben. Ich bin mir ziemlich sicher, dass es die Anmeldeformulare waren.«

»Ich haben nichts ausgefüllt«, sagte Erol.

»Nein, der Typ mit der Nickelbrille und die anderen

Leute in den roten Jacken. Er hat unsere Namen aufgeschrieben, und ich weiß nicht, was er sonst noch notiert hat«, sagte Sebastian.

»Ich habe mal im Fernsehen gesehen, dass es wohl öfters vorkommt, dass Täter sich in die Ermittlungen einmischen, und die Polizei deshalb bei solchen Aktionen sehr aufmerksam ist«, sagte Tom.

Sie verließen den Park, jeder in seine eigenen Gedanken versunken. Sie erreichten Toms Auto.

»Töpfner sah schlecht aus«, sagte Toni. »Müde.«

»Ja, ganz schöne Augenringe«, sagte Tom.

»Und waren nervös«, sagte Erol.

30

Toni stand vor seiner Haustür. Gedankenverloren holte er den Schlüssel aus seiner Hosentasche. Er war enttäuscht. Er hatte gehofft, Greta bei der Suchaktion zu sehen, und vielleicht hätte sie ihm ja alles erklären können. Er bemerkte die beiden Männer erst, als sie direkt hinter ihm standen.

»Anton Gruber?«, fragte einer der Polizisten.

»Ja?«

»Herr Gruber, wir haben ein paar Fragen an Sie. Wären Sie so nett, uns aufs Revier zu begleiten?«, fragte der andere.

Beide trugen einen buschigen Schnurrbart und sahen sich auch sonst sehr ähnlich.

»Fragen? An mich?« Toni war verwirrt.

»Ja, Herr Gruber.«

»Worum geht es denn?«

»Darüber reden wir auf dem Revier.«

»Ich … ich wohne gleich hier. Können … wollen Sie nicht reinkommen, und wir können …«

»Nein. Bitte kommen Sie mit«, sagte der Polizist bestimmt.

Toni fühlte sich wie ein Verbrecher, als er auf der Rückbank des Polizeiautos Platz nahm. Er konnte keinen klaren Gedanken fassen.

Auf dem Revier führten die Schnurrbärtigen ihn in ein

Zimmer. Weiße Wände, an der Decke, linke Ecke, genau auf ihn gerichtet, eine Kamera. Ein Tisch, ein Stuhl, auf dem er saß, und auf der gegenüberliegenden Seite zwei leere Stühle. Toni starrte in die Kamera. Irgendwo sitzt jemand und starrt zurück, dachte Toni.

Ein Schauer lief ihm über den Rücken. Was wollte die Polizei von ihm? Warum ließen sie ihn so lange warten? Wie lange saß er schon hier?

Dann ging die Tür auf. Ein Mann mit buschigen grauen Haaren und einem freundlichen Gesicht trat ein. Er trug Zivil und roch nach kaltem Rauch.

»Herr Gruber?«

»Ja«, sagte Toni.

»Ich bin Kommissar Gowinda. Sie wissen, warum Sie hier sind?« Er setzte sich auf einen der freien Stühle, lehnte sich vor und sah Toni an. Gowindas Augen waren dunkelbraun, fast schwarz, und sein Blick schwer zu deuten.

»Nein … Also, ja … Sie wollen mir Fragen stellen.«

»Natürlich haben Sie das Recht, die Aussage zu verweigern. Dann müssten wir Sie vorladen.«

»Ich … nein. Ich will nichts verweigern. Warum?«

»Sie sind freiwillig hier. Aber alles, was Sie sagen, kann gegen Sie verwendet werden.«

Toni nickte.

»Gut«, sagte Gowinda und lächelte.

Eine Pause entstand.

Toni wusste nicht, warum, aber Gowindas Schweigen machte ihn nervös.

»Woher kennen Sie Dr. Uwe Löhninger?«, fragte der Kommissar schließlich.

»Ich kenne ihn gar nicht«, sagte Toni.

»So«, sagte Gowinda. Dann schwieg er wieder.

»Ich …«, begann Toni. »Ich kenne seine Frau. Also nicht richtig. Es ist …«

»Ja?«

»Es ist kompliziert.«

»Bitte erzählen Sie, Herr Gruber.«

Und Toni erzählte, wie er Greta kennengelernt hatte, von seinen Treffen mit ihr und dass sie ihn versetzt hatte. Von der ungültigen Telefonnummer, dem gelöschten Internetprofil. Und dass er sie dann im Fernsehen gesehen und so erfahren hatte, dass seine Greta in Wahrheit Marion Löhninger war. Töpfner erwähnte er nicht.

»Also haben Sie sich ein wenig verliebt in Frau Löhninger?«, fragte der Kommissar kumpelhaft.

Toni spürte, wie er rot wurde.

»In Greta«, sagte er leise.

»Hat Frau Löhninger ihren Mann erwähnt?«

»Nein … also, ja. Aber sie hat gesagt, dass sie getrennt sei und ihr Mann, also ihr Ex-Mann, sie bedrohe und verfolge und sie … An einem Treffen hatte Greta ein blaues Auge.«

Gowinda stand auf und ging dreimal auf und ab, blieb stehen, stützte sich auf der Tischplatte ab.

»Herr Gruber«, sagte er, »haben Sie irgendetwas mit Dr. Uwe Löhningers Verschwinden zu tun?«

»Ich? … Nein!«, sagte Toni laut.

»Haben Sie Dr. Uwe Löhninger umgebracht?«

»Nein!« Toni sah den Kommissar entgeistert an.

»Was hatten Sie vor dem Haus der Löhningers zu suchen? Mitten in der Nacht?«

»Ich … Aber das war doch nach seinem Verschwinden. Ich wusste doch gar nicht … Ich wollte doch nur wissen, warum Greta … Marion mich angelogen hat und …«

Tonis Herz raste. Woher wusste der Kommissar, dass er in Marienburg gewesen war? Er versuchte, sich an den Abend zu erinnern. Wer hatte sie beobachtet? Ihm war schwindelig. Er hatte doch nichts getan! Warum behandelte man ihn wie einen Verbrecher? Vielleicht sollte er einfach aufstehen und gehen, aber das würde wie ein Schuldeingeständnis aussehen.

Gowinda setzte sich wieder. »Wo waren Sie am fünften April?«

Toni antwortete. Gab Auskunft über alles, was er vom fünften April bis zum heutigen Tag getan hatte. Töpfner erwähnte er immer noch nicht. Er wusste nicht, wie er Töpfner einbringen sollte.

»Ich frage Sie noch einmal, Herr Gruber: Haben Sie etwas mit Uwe Löhningers Verschwinden zu tun?«

»Nein«, sagte Toni bestimmt.

»Wissen Sie, wo er ist?«

»Nein.«

Gowinda stand auf und verließ den Raum.

31

Es verging eine halbe Stunde, bis der Kommissar zurückkam. Toni war erschöpft und verwirrt. Glaubte dieser Kommissar wirklich, dass er etwas mit Löhningers Verschwinden zu tun hatte? Dass er Löhninger umgebracht hatte? Er musste dem Kommissar von Töpfner erzählen.

»Fangen wir noch einmal von vorne an. Ihr erstes Treffen mit Frau Löhninger?«

Toni wollte seinen Kopf auf die Tischplatte legen. Er war müde. Nicht noch einmal, dachte er.

»Herr Kommissar, ich habe Ihnen etwas verschwiegen.«

Gowinda sagte nichts, er wartete.

Und Toni erzählte von Michael Töpfner. Von Töpfners Treffen mit Marion. Und dass Töpfner sich heute bei der Suche unter falschem Namen angemeldet hatte.

»So«, sagte Gowinda, »da gibt es nur ein kleines Problem. Meine Leute haben nur Sie in einem Taxi vor dem Haus der Löhningers gesehen. Keinen Herrn Töpfner.«

»Weil er mit Greta, ich meine Marion, im Park war.«

»Aber Sie haben gesagt, dass er vor dem Haus auf Frau Löhninger gewartet und sie angerufen hat.«

»Ja«, sagte Toni.

»An diesem Abend hat Frau Löhninger das Haus nicht verlassen. Wir haben sie beschattet.«

»Das kann nicht sein. Ich … Sie können meine Freunde

fragen. Ich … Dann ist Ihren Leuten ein Fehler unterlaufen.«

Gowindas Stirn legte sich in Falten. »Sie verzeihen mir, Herr Gruber, wenn ich meinen Leuten mehr Glauben schenke als Ihnen und Ihren Freunden. Und warum die Maskierung, Herr Gruber?«

»Welche Maskierung?«

»Sie hatten eine Perücke auf.«

Toni seufzte. »Damit sie mich nicht erkennt. Greta. Ich meine Marion. Ich …«

Gowinda schüttelte den Kopf und sah Toni ernst an. Dann fuhr er fort. »Warum haben Sie sich heute an der Suchaktion beteiligt?«

»Um zu helfen«, sagte Toni. Es klang eher wie eine Frage. »Herr Kommissar, wann darf ich nach Hause?«

»Wenn Sie mir die Wahrheit erzählen«, sagte Gowinda.

»Ich habe Durst«, sagte Toni.

Gowinda verschwand und kam mit einer Plastikflasche Wasser zurück.

»Danke«, sagte Toni und trank.

»Erzählen Sie mir noch einmal, was Marion Löhninger über ihren Mann gesagt hat. Möglichst den genauen Wortlaut.«

Toni antwortete, und während er sprach, wusste er nicht, ob seine Erinnerungen stimmten. Ob er etwas vergaß oder dazudichtete.

Dann ganz abrupt sagte der Kommissar. »Ich bringe Sie jetzt nach Hause. Aber gehen Sie davon aus, dass Sie bald wieder von uns hören werden. Ich würde Sie bitten, die Stadt nicht zu verlassen. Können Sie mir das versprechen, Herr Gruber, oder muss ich das schriftlich machen?«

»Ich verlasse die Stadt nie«, sagte Toni leise. »Ich habe ein Geschäft. Ich weiß nicht, wann ich das letzte Mal nicht in der Stadt war.«

»Gut. Dann kommen Sie.«

Draußen war es dunkel. Die Autofahrt verlief schweigend.

»Sie hören von uns, Herr Gruber«, sagte Gowinda, als Toni ausstieg.

Langsam ging Toni zur Haustür. Er holte den Schlüssel aus seiner Jackentasche. Jede Bewegung kostete ihn Kraft. Wie in Zeitlupe schloss er die Tür auf. Auf der Treppe machte er zweimal Halt, widerstand dem Impuls, sich hinzusetzen, um nie wieder aufzustehen. Als er in seiner Wohnung war, legte er sich auf sein Bett, ohne seine Jacke oder die Schuhe auszuziehen.

Nur kurz ausruhen, dachte er, und fiel in einen tiefen Schlaf.

Toni erwachte erst, als sein Wecker klingelte. Den Kaffee hatte er nicht vorbereitet. Die Morgenroutine war durchbrochen. Er setzte den Kaffee auf und ging unter die Dusche. Das warme Wasser belebte ihn. Die Erinnerungen an die gestrigen Stunden auf dem Polizeirevier kamen zurück. Und ganz klar formte sich ein Gedanke in Tonis Kopf: Kommissar Gowinda verdächtigt mich, etwas mit Löhningers Verschwinden zu tun zu haben.

Bevor er den Laden aufschloss, rief er Tom, Erol und Sebastian an. Der Himmel war bedeckt, und es regnete.

Alle drei trafen um 9 Uhr in Grubers Tabacchi ein. Ihre nassen Schuhe hinterließen Spuren auf dem Linoleumboden.

»Ich verstehe nicht, wie dieser Kommissar behaupten

kann, dass Töpfner nicht da gewesen ist an dem Abend, als er sich mit Marion getroffen hat«, sagte Sebastian.

»Ja«, sagte Erol. »Wenn gesehen haben uns, dann müssen auch gesehen haben Töpfner.«

»Wahrscheinlich haben sie uns beide gesehen, als Töpfner und Marion schon im Park waren«, sagte Toni zu Erol.

»Und wir auch«, sagte Tom.

»Genau«, sagte Toni.

»Lass gehen zu die Kommissar, und wir erklären«, sagte Erol. »Wir Zeugen für Toni.«

»Nein«, sagte Tom.

»Wieso nein?«, fragte Erol.

»Warum sollte der Kommissar uns glauben?«

»Weil wir sind vier Leute, und wenn wir sagen alle, dass der Töpfner da war«, sagte Erol.

»Aber wir sind Tonis Freunde«, sagte Tom.

»Ich glaube wirklich, er denkt, dass ich ... dass ich Löhninger umgebracht habe«, sagte Toni tonlos.

»Wir gehen und erklären«, sagte Erol.

»Ich habe doch die ganze Nacht versucht, ihm alles zu erklären«, sagte Toni. »Was mache ich, wenn man mich verhaftet?«

»Das lassen wir nicht zu«, sagte Tom bestimmt.

32

Toni wusste, dass diese drei Männer echte Freunde waren. Sebastian rief seine Sprechstundenhilfe an und sagte ihr, dass die Praxis heute geschlossen bleiben würde.

Erol würde morgen eine Doppelschicht fahren und sich dafür heute freinehmen.

»Wir brauchen Beweise, dass Töpfner etwas mit der Sache zu tun hat und Toni unschuldig ist«, sagte Tom.

»Und Marion«, sagte Sebastian.

»Das wissen wir doch gar nicht«, sagte Toni.

»Natürlich, warum hätten sie sich sonst getroffen?«, sagte Tom.

»Hören auf, was vorzumachen, Toni. Die Frau nicht gut«, sagte Erol.

»Ja, ja«, sagte Toni.

Die Ladentür ging auf. Nathalie kam in einer pinken Regenjacke und pinken Gummistiefeln herein. Toni stand von seinem Schreibtischstuhl auf und ging hinter die Theke.

»Hallo«, sagte das Mädchen. »Hast du Frösche?«

»Hallo Nathalie. Ja, ich habe Frösche.«

»Wie viel kostet ein Frosch?«

»Fünf Cent«, sagte Toni. »Wie immer.«

»Ah«, sagte Nathalie. »Die Mama braucht Zigaretten.«

Sie legte einen Fünfeuroschein auf die Theke. »Und zehn Frösche. Reicht das?«

Es reichte nicht, aber Toni nickte.

»Hast du Schlümpfe?«

»Ja.«

»Dann will ich neun Frösche und einen Schlumpf.«

Toni nahm ein Papiertütchen, öffnete die Plastikdosen und füllte die Tüte mit zehn Fröschen und zehn Schlümpfen. Er reichte Nathalie die Tüte und eine Packung Marlboro.

»Danke, Herr Toni«, sagte sie.

»Gerne«, sagte Toni. »Hast du denn heute keine Schule?«

»Doch, aber die Mama liegt im Bett und will nicht aufstehen, und ich muss auf meinen Bruder aufpassen«, sagte Nathalie traurig.

»Ah«, sagte Toni, »warte, ich habe noch etwas für dich.« Er füllte eine zweite Tüte mit Fröschen und Schlümpfen. »Hier, aber nicht alles auf einmal essen.«

Nathalie lächelte. »Danke, Herr Toni.«

»Und in dem Karton«, Toni deutete auf die Box mit den reduzierten Schreibwaren, »schau da mal rein und such dir was aus.«

»Wirklich?«

»Ja.«

Vorsichtig kramte Nathalie in dem Karton. Sie murmelte vor sich hin, nach ein paar Minuten hielt sie einen Stift hoch. Weißes Plastik mit pinken Erdbeeren verziert.

»Darf ich den haben?«, fragte sie.

»Ja«, sagte Toni.

»Der riecht nach Erdbeere.«

Toni lächelte. Er hatte sich immer gefragt, woher der süßliche Geruch kam. Und jetzt wunderte er sich, was die Hersteller wohl benutzten, damit das Ding auch noch Jahre später nach synthetischen Erdbeeren roch.

Das Kind verstaute alles in seiner Jackentasche und rannte aus dem Laden.

»Armes Ding«, sagte er, als er wieder auf dem Schreibtischstuhl saß. »Die Mutter trinkt, und einen Vater gibt es nicht.«

»Aber Schlümpfe und Frösche helfen da auch nicht«, sagte Sebastian.

»Wenn das Zuckerzeug das Mädchen für ein paar Minuten glücklich macht, dann hilft es doch.«

»Für die Zähne …«, begann Sebastian.

»Okay«, fiel Tom ihm ins Wort, »zurück zu unserem Problem. Was machen wir?«

»Vielleicht«, sagte Erol, »wir noch einmal gehen zu das Haus von Marion, vielleicht die Töpfner gehen hin.«

»Wenn die Polizei mich da sieht, nehmen die mich fest«, sagte Toni entschieden.

»Ich bin mir ziemlich sicher, dass Marion und Töpfner mittlerweile wissen, dass die Polizei das Haus observiert. Dort werden sie sich sicher nicht mehr treffen.«

»Wir sollten zu Töpfner«, sagte Sebastian.

»Ja«, sagte Tom.

»Dann muss ich den Laden zumachen«, sagte Toni. »Ich habe den Laden noch nie zugemacht.«

»Und wenn du krank warst?«, fragte Tom.

»Ich war nie krank. Jedenfalls nicht so krank, dass ich nicht hier sitzen konnte.« Toni seufzte. »Na ja, irgendwann ist immer das erste Mal.«

»Ich brauchen starke Kaffee, bevor wir Töpfner beobachten«, sagte Erol, ging in das Hinterzimmer und setzte Kaffee auf.

Toni schrieb auf ein Blatt Papier: *Heute wegen Krank-*

heit geschlossen, und klebte es an die Ladentür. Er schloss ab und schaltete die Haupt- und Außenbeleuchtung aus.

»Ich habe kleinen Schnaps in die Kaffee gemacht«, sagte Erol und reichten den anderen eine Tasse. »Für das Kopf.«

»Gute Idee«, sagte Sebastian.

»Ist aber nicht gut für die Zähne«, sagte Tom und lachte.

»Das meinte ich«, sagte Toni. »Das ist nicht wirklich gesund, aber es macht uns ein paar Minuten glücklich, so wie die Schlümpfe Nathalie glücklich machen.«

»Vielleicht brauche ich noch einen Schnaps«, sagte Sebastian.

»Gute Idee«, sagte Tom.

33

Sie verließen Grubers Tabacchi und stiegen in Toms Auto, das direkt vor der Tür stand.

»Fahr langsam an dem Haus vorbei«, sagte Sebastian, als sie Töpfners Straße erreichten.

»Das Geschäft ist offen«, sagte Toni. »Es brennt Licht.«

»Ich parke ein bisschen weiter weg«, sagte Tom.

Er hielt in einer Parallelstraße. Es regnete noch immer, die wenigen Fußgänger hatten es eilig, ins Trockene zu kommen.

»Wir sollten herausfinden, ob er da ist.«

»Aber Töpfner uns kennen«, sagte Erol. »Wir nicht einfach reingehen können.«

»Ja«, sagte Toni.

»Vielleicht sollte Erol allein gehen«, sagte Tom.

»Ich?«, fragte Erol. »Aber Töpfner mich kennen.«

»Er hat dich nur ein einziges Mal gesehen. Gestern. Und in dem Haus scheinen primär Leute türkischer Herkunft zu wohnen. Du fällst also am wenigsten auf«, sagte Tom.

»Du sagen, ich sehen aus wie alle Türken?«, fragte Erol.

»Nicht wie alle, wie fast alle«, sagte Tom.

Sie lachten.

»Erol hat die gleiche Jacke an wie gestern.« Sebastian deutete auf Erols gelbe Daunenjacke. »Und die ist zu … zu gelb.«

»Hat Gülen gekauft. Ich gesagt, schrecklich Farbe. Gülen gesagt, wenn ich Straße gehe, sehen mich Auto und überfahren nicht.«

»Warum gehst du denn auf der Straße?«, fragte Tom.

»Musst Gülen fragen. Kein Ahnung, aber wenn Gülen sagt anziehen, ich ziehen an. Einfacher.«

»Lass uns Jacken tauschen«, sagte Sebastian. Er zog seine braune Lederjacke aus und reichte sie Erol.

»Ich habe noch eine Baseballkappe hier«, sagte Tom und nahm eine Kappe vom Armaturenbrett. »Setz die auf.«

Erol setzte die Kappe auf.

»Und nimm dein Telefon mit«, sagte Toni.

»Ist in mein Jacke«, sagte Erol.

Sebastian reichte ihm sein Handy.

Dann stieg Erol aus und lief durch den Regen.

»Will jemand eine Zigarette?«, fragte Tom.

Schweigend rauchten sie. Der Qualm brannte in ihren Augen.

»Wo bleibt er nur?«, fragte Toni.

»Er ist nicht Mal zehn Minuten weg«, sagte Sebastian.

Einen Moment später kam Erol zurück und riss die Tür auf. »Ist kalt«, sagte er und setzte sich ins Auto. Die anderen starrten ihn an.

»Und?«, fragte Tom.

»Töpfner ist in Laden und sehen aus wie nicht schlafen.«

»Hast du mit ihm gesprochen?«, fragte Toni.

»Ja. Ich rein und sagen, dass ich suchen Kühlschrank. Dass umgezogen. Töpfner nicht richtig zugehören, nur auf seine Handy gestarren.«

»Hat er telefoniert oder Nachrichten geschrieben?«, fragte Sebastian.

Erol schüttelte den Kopf. »Nur gestarren. Als ob warten.«

»Vielleicht wartet er auf Marions Anruf«, sagte Tom.

»Ja, vielleicht«, sagte Sebastian. »Aber wenn die Polizei ihr Haus beobachtet und Löhningers Kinder Marion auch verdächtigen, etwas mit der Sache zu tun zu haben, dann wird sie einen Teufel tun, ihn zu kontaktieren, oder?«

Tom nickte. »Ja. Denn dumm scheint die gute Marion nicht zu sein.«

»Und was machen wir jetzt?«, fragte Toni.

»Vielleicht müssen wir Marion dazu bringen, Töpfner anzurufen. Wir müssen die beiden nervös machen«, sagte Tom, »sie aus der Reserve locken, damit sie irgendetwas Unüberlegtes tun.«

Die anderen nickten.

»Aber wie?«, fragte Sebastian.

Alle vier schwiegen, nur der Regen, der gegen die Scheiben prasselte, und Erols grummelnder Magen waren zu hören.

»Hunger«, sagte Erol.

»Ich auch«, sagte Tom.

34

In der Crêperie waren fast alle Tische besetzt. Studenten, die an ihren Laptops arbeiteten. Eine große Runde ausschließlich Frauen, die einen Geburtstag feierten. Ein älterer Herr, der Zeitung las. Der Raum war von Stimmengewirr erfüllt.

Sie bestellten Schinken-Käse-Crêpes, Kaffee und Kölsch.

»Also, wir wollen Töpfner nervös machen?«, fragte Sebastian.

»Und Marion«, sagte Tom. »Bewegung in die Sache bringen. Das macht man so.«

»Bewegung«, wiederholte Toni tonlos.

»Bewegung«, sagte Sebastian.

Sie sahen einander an.

»Ich habe Idee«, sagte Erol. »Wir rufen Marion an.«

»Und was sagen wir?«, fragte Toni.

Der Kellner kam mit ihren Getränken. Erol wartete, bis er weg war, dann fuhr er fort.

»Nichts«, sagte er schließlich.

»Wie nichts?«, fragte Sebastian.

»Wir anrufen. Nichts sagen, auflegen. Vieles Mal hintereinander. Und sie denken, das sein Töpfner. Verstehen?«

»Ähm«, machte Sebastian.

»Ja«, sagte Toni, »weil sie vielleicht weiß, dass Töpfner auf einen Anruf von ihr wartet.«

»Okay, das ist einen Versuch wert«, sagte Tom.

Ihre Crêpes kamen. Während sie aßen, schmiedeten sie einen Plan.

»Wir brauchen ein Wegwerfhandy, falls die Polizei Marions Leitung abhört«, sagte Tom.

»Wir können gehen Venloer Straße zu Görkems Kiosk. Görkem ist mit Internetcafé und Telefonkarte und so«, sagte Erol. »Aber ich bestellen noch eine Crêpe mit Nutella. Ich lieben Nutella. Ich immer gedenkt, wenn erwachsen, ich kann essen und machen was ich wollen, aber Gülen mich nicht lassen. Sagt, ich kriegen Diabetes, wenn zu viel Nutella. Und Krebs, wenn rauchen, und Herz kaputt gehen, wenn zu viel Bier trinken. Und Gülen trinken Wein und sagen, dass gesund.« Er zuckte mit den Schultern.

»Apropos Gülen: Es heißt: ›Ich habe immer gedacht‹, und … der ganze Satz ist Mist, Erol«, sagte Tom.

»Wir nicht wieder fangen an mit das, okay?«

Tom lachte. Der Kellner kam, und Erol bestellte eine Nutella-Crêpe.

»Also Schritt eins: Handy kaufen«, sagte Tom.

Erols Crêpe kam. Er verschlang das ganze Ding in wenigen Sekunden.

»Und Schritt zwei«, sagte er mit vollem Mund, »Witzeanrufe.«

»Scherzanruf«, sagte Tom.

»So würde ich es nicht nennen«, sagte Sebastian.

»Ernste Scherzanrufe«, sagte Toni.

Sie lachten.

»Wir sollten bei beiden anrufen. Marion und Töpfner«, sagte Tom.

Die anderen nickten.

»Bewegung«, sagte Erol und wischte sich den Mund mit einer Serviette ab.

»Wir haben Marions Festnetznummer, und ich habe Töpfners Visitenkarte«, sagte Tom. Er holte die Karte aus seinem Portemonnaie. »Die Nummer vom Geschäft und eine Handynummer.«

»Und Schritt drei?«, fragte Toni.

»Hängt davon ab, was Töpfner als Nächstes tun wird«, sagte Sebastian.

Der Regen hatte nachgelassen. Sie fuhren zu Görkems Kiosk.

Getränke – Tabakwaren – Internet – Süßwaren – Telefonkarten – super günstig telefonieren stand in gelber Schrift auf dem Schaufenster. Und ein blau-rotes Neonschild: *Open.*

Tom parkte, Sebastian und Erol stiegen aus und gingen in den Kiosk.

Zehn Minuten später kamen sie zurück.

»Hier ist die SIM-Karte«, sagte Sebastian. »Wir können sie in eines unserer Handys stecken.«

»Nimm meins«, sagte Tom und reichte Sebastian sein Telefon.

»50 Euros Guthaben, und ich haben Zigaretten gekauft«, sagte Erol. »Wer will?«

Alle wollten.

»Tom, ich brauche deinen Code«, sagte Sebastian, als er die Karte in Toms Telefon gesteckt hatte.

»1 2 3 4.«

»Meiner auch«, sagte Toni.

»Meiner auch«, sagte Erol.

»Und deiner, Sebastian?«

»0 0 0 0.«

Einen Moment später klingelte Tonis Handy.

»Es funktioniert«, sagte Sebastian.

Erol ließ ein Freudengheul los, aber keiner stimmte mit ein.

»Was los? Wir ein Sache schon geschafft«, sagte Erol.

»Wir haben eine Karte in ein Handy gesteckt«, sagte Sebastian nüchtern.

»Wenn du so sagen, es nicht klingen besonderer. Aber wir einen Schritt weiter. Das klingen nach was.«

35

Sie fuhren zurück zu Töpfners Laden und parkten am Ende der Straße.

»Okay«, sagte Tom. »Zuerst Marion?«

»Vielleicht«, sagte Toni, »sollte Erol in Töpfners Geschäft gehen. Damit wir wissen, wie er reagiert?«

»Ist das nicht zu auffällig?«, fragte Sebastian.

Sie schwiegen.

»Töpfner nicht beachtet, als ich da war. Und ich gelabert von wegen Kühlschrank und umgezogen. Ich einfach reingehen und sagen, ich gemessen Küche und jetzt wollen Kühlschränke ausmessen«, sagte Erol.

»Gut«, sagte Sebastian.

Toni nickte.

Tom öffnete das Handschuhfach und holte ein Maßband raus. »Guck mal«, sagte er.

»Perfekt«, sagte Erol, »ich richtig können machen großes Show in die Laden und messen.«

»Mach keine zu große Show«, sagte Sebastian.

Erol schüttelte den Kopf. »Aber ich erinnern, als Regal für Badezimmer gekauft, und ich gemessen in die Geschäft und dann Gülen angeruft und hat gedauern Ewigkeiten, und am Ende Gülen gesagt nicht kaufen, sie wollen selber gucken. Und ich in die Geschäft waren Ewigkeiten. So eines Show, meinen ich.«

»Das klingt gut«, sagte Tom.

»Dann geben mir deine Jacke«, sagte Erol zu Sebastian.

Sie tauschten Jacken.

»Dein Handy«, sagte Sebastian und zog Erols Telefon aus der gelben Jackentasche.

Tom reichte ihm das Maßband.

»Ich gehen jetzt?«

»Lass uns erst Marion anrufen, dann gehst du los. Und sobald du im Geschäft bist, rufen wir ein paar Minuten später Töpfner an«, sagte Tom.

»Und dann hoffen wir, dass sich etwas bewegt«, sagte Toni.

»Soll ich?«, fragte Sebastian.

»Ja«, sagten die anderen.

Toni diktierte Marions Nummer.

»Mach den Lautsprecher an«, sagte Tom.

Es klingelt ein paar Mal.

»Hallo«, meldete sich eine weibliche Stimme. Sebastian legte auf.

»War das Marion?«, fragte er Toni.

»Ich … ich glaube, aber ich bin mir nicht sicher.«

»Ruf gleich noch mal an und warte einen Moment, bevor du auflegst.«

Sebastian wählte. Es klingelte.

»Hallo«, sagte die gleiche Stimme. Stille. »Hallo. Wer ist da?«

Sebastian legte auf.

»Das war sie«, sagte Toni.

»Erol, jetzt«, sagte Tom.

Erol stieg aus dem Wagen.

»Ruf noch mal bei Marion an«, sagte Tom.

Sebastian wählte.

»Hallo … Hallo … Wer ist da? … Hallo?«

Sebastian legte auf.

»Sie klingt nervös«, sagte Tom.

»Erol ist im Geschäft«, sagte Toni.

Sebastian holte die Zigaretten aus der gelben Jacke.

»Wer will?«

»Eine Zigarette, und dann rufen wir bei Töpfner an«, sagte Tom.

»Zigaretten sind gute Zeitmesser«, sagte Toni.

Sie rauchten.

»Zuerst Festnetz«, sagte Tom und diktierte Töpfners Nummer, nachdem sie ihre Zigaretten im Aschenbecher ausgedrückt hatten.

Es klingelte. »Elektrowaren Töpfner … Hallo? … Hallo?«

Sebastian legte auf.

»Gleich noch einmal«, sagte Tom.

Schon nach dem ersten Klingeln meldete sich Töpfner. »Töpfner … Hallo? Ist da jemand? Hallo?«

Sebastian legte auf.

»Jetzt die Handynummer«, sagte Tom und diktierte.

»Töpfner … Hallo? Wer ist da?«

Sebastian legte auf und drückte auf Wahlwiederholung.

»Hallo? … Bist du es?«, sagte Töpfner leise. »Hallo?«

Sebastian legte auf.

Sie sahen sich an.

»Bist du es«, flüsterte Toni. »Meint er Gre… Marion?«

»Ruf noch mal an«, sagte Tom.

Sebastian wählte.

»Hallo«, meldete sich Töpfner. »Hallo? … Sag doch was … Hallo.«

Sebastian legte auf.
»Vielleicht noch einmal Marion?«, fragte Toni.
Tom und Sebastian nickten.
Sebastian rief zwei Mal hintereinander bei Marion an.
»Sie klingt nervös«, sagte Tom wieder.

36

Eine Viertelstunde später kam Erol zurück und berichtete, was sich im Geschäft ereignet hatte.

»Und ich so tun, als ob nicht gut verstehen Deutsch. Und gemessen und so tun, als ob mit Gülen telefonieren. Türkisch gereden. Töpfner mich wieder nicht beachten. War mit seine Telefon beschäftigt. Und dann ist in die anderen Ecke des Laden, und ich glauben er mit Marion gesprochen. Ich nicht alles verstehen. Aber ein paar Worten. Er gesagt: Du hast mich angerufen. Und etwas gesagt: die Polizei. Und gesagt: nie finden.«

»Nie finden?«, fragte Tom.

»Nie finden«, bestätigte Erol.

»Was nie finden?«, fragte Toni.

»Ich nich gehören.«

»Uwe Löhninger«, flüsterte Tom.

»Vielleicht«, sagte Sebastian atemlos.

»Gib Zigarette. Ich brauchen jetzt eine.«

Sie rauchten.

»Was machen wir jetzt?«, fragte Toni.

»Warten«, sagte Sebastian.

»Oder …«, begann Tom. »Vielleicht … Nehmen wir einmal an, dass Töpfner wirklich über Uwe Löhninger gesprochen hat. Dann weiß Töpfner, wo er ist. Dann müssen wir Töpfner dazu bringen, uns zu ihm zu führen.«

»Zu seiner Leiche«, sagte Sebastian.

»Wir wissen doch gar nicht, ob … ob er tot ist«, sagte Toni. »Vielleicht … warum … Vielleicht ist es eine Entführung …«

»Helen hat doch gesagt, dass die Polizei eine Entführung ausgeschlossen hat«, sagte Tom.

»Ja, und die Polizei glaubt anscheinend auch, dass ich ihn umgebracht habe«, sagte Toni.

»Und wie machen wir, dass Töpfner uns sagen, wo Löhninger ist? Tot oder lebendig.«

»Er wird es uns nicht sagen. Wir müssen ihn dazu bringen, dass er zu ihm fährt. Und dann folgen wir ihm.«

»Ja, Tom«, sagte Sebastian, »aber wie?«

»Wenn er glaubt, dass wir, also irgendjemand, wissen, wo Löhninger ist, vielleicht …«, begann Toni. Er schüttelte den Kopf. »Ich weiß auch nicht.«

»Das ist gut«, sagte Tom. »Wenn er glaubt, dass jemand Löhninger gefunden hat, dann …«

»Dann wird er gucken wollen, ob stimmen«, sagte Erol.

»Genau.«

»Ja«, sagte Sebastian. »Wir rufen Töpfner an und sagen: ›Ich weiß, wo er ist …‹ Oder: ›Ich habe ihn gefunden.‹«

»Das kann funktionieren.«

»Dann los, anrufen!«, sagte Erol.

»Wir warten, bis es dunkel ist«, sagte Tom.

»Und was machen wir so lange?«

»Wir bleiben hier, wir müssen Töpfner im Auge behalten«, sagte Tom.

»Und wir sollten den Anruf proben«, sagte Sebastian. »Es muss überzeugend klingen.«

»Und Essen und Trinken holen, wenn wir hier in die Auto für Stunden«, sagte Erol.

»Wir haben doch gerade gegessen«, sagte Sebastian.

»Ja, aber wenn nachher Hunger und Durst«, sagte Erol.

»Okay«, sagte Tom, »du und Sebastian gehen shoppen, und Toni und ich proben den Anruf.«

»Zu Fuß gehen?«, fragte Erol.

»Ja, wir können hier nicht weg, falls Töpfner irgendetwas unternimmt. Da ist ein Büdchen gleich um die Ecke.«

»Komm«, sagte Sebastian und stieg aus dem Auto.

Sie kamen mit Plastiktüten beladen zurück.

»Wow«, sagte Tom, »Vorrat für ein paar Wochen?«

»Ist gar nicht so viel, besser mehr als zu weniges«, sagte Erol und holte ein Snickers aus der Tüte. »Ich lieben Snickers.«

»Habt ihr geprobt?«, fragte Sebastian.

»Ja. Toni«, sagte Tom.

Toni räusperte sich. »Ich weiß, wo er ist. Ich habe ihn gefunden«, sagte er langsam und deutlich.

»Ja«, sagte Sebastian, »das klingt gut.«

Toni lächelte verlegen.

Erol fischte ein zweites Snickers aus der Tüte. »Gülen würden mich umbringen, wenn sehen, wie viel ich die Schokoladen essen«, sagte er und lachte.

»Wo ist Töpfners Auto?«, fragte Tom.

»Vor die Laden«, sagte Erol. »Da.« Er deutete mit dem Finger zu Töpfners Geschäft am Ende der Straße. Das Heck des roten Opels war deutlich zu sehen. »Was du wollen mit die Töpfner Auto?«

»Wahrscheinlich wird er nicht zu Fuß zu … zu Uwe Löhninger gehen.«

»Verfolgungsjagd«, freute sich Erol.

37

Langsam verstrichen die Stunden. Sie aßen und rauchten. Einer von ihnen behielt immer Töpfners Laden und den Opel Astra im Blick. Immer mehr Regenwolken bedeckten den Himmel. Es wurde früh dunkel an diesem nassen Apriltag.

»Ich muss Gülen sagen, dass spät kommen, sonst Ärger. Ich schreiben Nachricht, dass Toni krank und ich helfen.«

»Ich hasse es, Gülen anzulügen«, sagte Toni.

»Ich auch, weil immer finden raus, aber ich nicht sagen kann, dass wir versuchen, Löhninger zu finden, oder?«

»Das stimmt«, sagte Toni.

»Ich sage Kirsten auch besser Bescheid«, sagte Sebastian.

»Was du sagen Kirsten?«, fragte Erol, während er tippte.

»Dass Toni krank ist und ich ihm helfe. Und dann mache ich mein Telefon aus.«

Nur ein paar Sekunden, nachdem Erol seine Nachricht abgeschickt hatte, klingelte sein Telefon.

»Ist Gülen«, sagte er panisch. »Was für Krankheit haben du?«, fragte er Toni.

»Ich?«

»Schnell«, sagte Erol.

»Grippe«, sagte Tom.

»Gülen? … *Evet … üsütme … evet* grip… Nein … *bilmiyorum … hayir … evet* … Okay … *Seni seviyorum askim. Güle güle.*«

Er legte auf. »Puh … Toni, du sollst essen die Vogelsuppe.«

»Hühnersuppe«, sagte Tom.

Um Punkt 18:30 Uhr ging das Licht in Töpfners Geschäft aus.

»Sollen wir anrufen?«, fragte Sebastian. »Es ist schon ziemlich dunkel.«

»Wir haben so lange gewartet. Auf ein paar Stunden mehr kommt es auch nicht an«, sagte Toni. »Ich glaube, je später, desto besser.«

Tom nickte.

»Meine Arsch tut weh von sitzen«, sagte Erol. »Und Snickers leer.«

»Töpfner kommt aus dem Laden«, sagte Toni.

»Wo geht er hin?«, fragte Sebastian.

»Ins Haus«, sagte Tom.

»Ich fahre ein bisschen näher ran, damit wir ihn auf keinen Fall verpassen.«

Sie fanden einen Parkplatz auf der gegenüberliegenden Straßenseite, der ihnen einen besseren Blick auf Töpfners Haus und sein Auto bot. Sie rauchten Kette und einigten sich darauf, dass Erol am Steuer sitzen sollte, falls sie Töpfner verfolgen würden.

Um 21 Uhr tauschten Erol und Tom die Plätze, und Sebastian reichte Toni das Handy mit der Prepaid-Karte.

»Bereit?«, fragte Sebastian.

Toni nickte. Er räusperte sich. Atmete ein und aus. Dann wählte er Töpfners Handynummer und schaltete den Lautsprecher an.

Es klingelte.

»Hallo«, sagte Töpfner.

»Ich habe ihn gefunden.« Toni zwang sich, einige Sekunden innezuhalten, ehe er weiterredete. »Ich weiß, wo er ist.«

»Wer …«, begann Töpfner, aber Toni hatte bereits aufgelegt.

Die vier blickten zum Haus und warteten. Nichts geschah.

»Was, wenn nicht kommen?«, fragte Erol.

»Jetzt warte doch.«

»Soll ich noch mal anrufen?«, fragte Toni.

»Ich weiß nicht«, sagte Sebastian.

»Oder …«, begann Tom.

In dem Moment ging das Licht im Treppenhaus an.

»Da«, sagte Sebastian.

»Machen euch bereit«, sagte Erol.

»Ich glaube, er kommt«, sagte Toni atemlos.

Die vier starrten zur Haustür.

»Töpfner«, sagte Sebastian leise.

Er trat aus der Haustür, zog seine Jacke über den Kopf, um sich vor dem Regen zu schützen, und lief im Stechschritt zu seinem Auto.

»Es geht los«, flüsterte Tom.

Töpfner stieg in den roten Opel Astra.

»Mach schon«, rief Tom Erol zu.

»Wir geben ihm kurz, sonst er merken, dass wir verfolgen«, sagte Erol.

Töpfner fuhr los, und als er am Ende der Straße angelangt war, startete Erol den Wagen.

38

Töpfner fuhr rechts auf den Ehrenfeldgürtel.
Der Regen wurde stärker.

Weiter auf den Melatengürtel.

Es herrschte kaum Verkehr, ein einziges Fahrzeug befand sich zwischen ihnen.

Rechts auf die Weinsbergstraße.

Dann waren sie auf der Widdersdorfer Straße.

»Einen Moment lang dachte ich, er will zu dir«, sagte Tom, als sie direkt an Grubers Tabacchi vorbeifuhren.

»Ich auch«, sagte Toni.

»Seid leise. Erol muss sich konzentrieren«, sagte Sebastian.

»Ich alles Kontrolle«, sagte Erol.

Sie folgten Töpfner auf die Militärringstraße. Zwei Autos überholten sie.

»Wir verlieren ihn«, sagte Sebastian.

»Ich alles Kontrolle«, sagte Erol noch einmal, jedes Wort betonend.

Töpfner fuhr auf den Gregor-Mendel-Ring.

»Er blinkt«, sagte Sebastian.

»Ich sehen«, sagte Erol.

Links auf den Egelspfad, dann auf die Kölner Straße, rechts auf die Dieselstraße.

Sie befanden sich in einem Gewerbegebiet – ein Paketservice, eine Autowerkstatt, eine Spedition und viele Baustellen. Im Dunkeln sahen Bagger, Lkws und Kräne wie schlafende Dinosaurier aus.

Fertige Rohbauten von Maschendrahtzaun umgeben, Gruben und Stahlgerüste.

Vor einer Baustelle stand eine riesige Plakatwand: *Immobilien Lindner. Hier entstehen Bürogebäude.*

Jemand hatte in roter Farbe *Fuck you* draufgesprayt.

Der Regen ließ nach.

»Wo sind wir?«, fragte Tom.

»Lövenich«, sagte Erol.

»Da. Er fährt auf den Burger-King-Parkplatz«, sagte Toni.

Erol fuhr an der Einfahrt vorbei.

»Erol«, sagte Sebastian. »Was machst du?«

»Außenrum. Von anderes Seite drauf. Damit nicht merken, dass wir verfolgen. Du mich machen wahnsinnig.«

Als sie auf den Parkplatz fuhren, sahen sie, wie Töpfner ausstieg und in den Burger King ging.

»Er geht zu Burger King?«, fragte Tom.

»Sieht ganz so aus«, sagte Toni.

»Vielleicht haben Hunger«, sagte Erol.

»Bei ihm um die Ecke gibt es Hunderte Restaurants. Fast Food, chinesisch, italienisch, Falafel, alles – der fährt doch nicht den ganzen Weg, um einen Burger zu essen«, sagte Tom.

Sie konnten durch die Glasfront sehen, dass Töpfner an der Kasse stand und bestellte. Dann nahm er sein Tablett und setzte sich an einen der Tische. Zu weit weg von den Fensterscheiben, als dass sie sehen konnten, was er machte. Nur wenn Töpfner sich nach vorne beugte, erkannten sie seinen Haarschopf.

»Einer von uns sollte reingehen«, sagte Sebastian.

Sie entschieden sich für Tom. Er setzte die Baseballkappe auf und Tonis Lesebrille, die er in der Tasche hatte. Er tauschte seine gefütterte Jeansjacke gegen Sebastians braune Lederjacke.

»Jetzt du sehen aus wie ich vorher. Nur mit Brille.«

»Und blonden Haaren«, sagte Toni.

»Haar sieht man doch gar nicht unter Kappe«, sagte Erol.

»Und 20 Kilo leichter«, sagte Sebastian.

»Und 20 Jahre jünger«, sagte Tom.

Sie lachten.

»Will jemand was von Burger King?«, fragte Tom.

»Apfeltasche«, sagte Erol.

»Das ist McDonald's«, sagte Tom und sah die anderen an. »Er wird mich nicht erkennen, oder?«

»Nein«, sagte Toni.

Mit der Brille und der Kappe sah er wirklich nicht wie Tom aus. Jedenfalls nicht auf den ersten Blick.

Es hatte aufgehört zu regnen. Tom stieg aus.

Die anderen beobachteten, wie er sich an die Kasse stellte, dann mit seinem Essen ein paar Tische von Töpfner entfernt Platz nahm. Nah an der Glasfront, sodass die anderen ihn vom Auto aus sehen konnten und er selbst Töpfner im Visier hatte. Außer den beiden waren nur fünf andere Leute im Burger King. Drei dicke Frauen, die hochkonzentriert ihre Burger aßen, und ein junges Pärchen: Er in weißem Jogginganzug, sie in einem lila Kleid aus dünnem Stoff, um die Schultern eine zu große Bomberjacke, wahrscheinlich seine, und mit einer Tonne Make-up im Gesicht. Er fütterte sie mit Fritten. Sie schienen sich prächtig zu amüsieren.

Tonis Telefon piepte.

»Von Tom«, sagte Toni und las vor. »Töpfner nervös. Schreibt Nachrichten. Hat zwei Handys.«

»Ob er auf jemanden wartet?«, fragte Sebastian.

»Vielleicht«, sagte Toni.

»Vielleicht«, sagte Erol.

Ein paar Minuten später kam Tom zurück.

»Ich wollte nicht nach ihm raus«, sagte er, als er im Auto saß. »Töpfner hat eine Nachricht oder Nachrichten geschrieben und dann die ganze Zeit auf die beiden Telefone gestarrt. Er hat sein Essen nicht angerührt. Und eben hat er beide Handys in seine Jacke gesteckt, deshalb glaube ich, dass er gleich rauskommen wird.«

»Aber wenn …«, begann Sebastian.

»Da«, sagte Erol, »er ist aufgestanden, geht zur Tür jetzt. Ich kann sehen.«

Töpfner marschierte zu seinem Auto, das nicht weit vom Eingang entfernt stand.

»Er hat sich nicht mal umgeblickt«, sagte Sebastian. »Er hat keine Ahnung, dass wir hinter ihm her sind.«

»Weil ich wissen, wie machen«, sagte Erol. »Ich seien …«

»Er steigt wieder aus«, sagte Tom.

Töpfner hatte eine Taschenlampe in der Hand. Er schaltete sie kurz ein, dann wieder aus.

»Wo geht er hin?«, fragte Toni, als Töpfner am Burger King vorbeilief.

»Wir müssen hinterher«, sagte Sebastian, »schnell. Erol, zieh die Jacke aus. Die ist zu grell. Los.«

Alle vier stiegen aus dem Auto aus und schlossen leise die Türen.

»Mir kalt«, flüsterte Erol.

39

Hinter dem Burger-King-Parkplatz befanden sich mehrere zusammenhängende Baustellen, die durch einen für Nutzfahrzeuge angelegten Weg miteinander verbunden waren. Gruben und Rohbauten zu beiden Seiten.

Der Regen hatte den Boden in Matsch verwandelt und der Wind Stahlgerüste und Plastikabdeckungen zum Leben erweckt. Eine unheimliche Geräuschkulisse.

Die vier folgten dem Schein von Töpfners Taschenlampe in 20 Metern Abstand. Es wurde immer dunkler, je weiter sie sich von der Straße entfernten.

Tom ging voran, dann Toni, dann Erol, zuletzt Sebastian. Sie sprachen kein Wort, konzentrierten sich auf ihre Schritte. Bemüht, nicht in Pfützen zu treten oder zu stolpern. So marschierten sie eine ganze Weile. Vorbei an parkenden Bulldozern und Planierraupen.

Dann sahen sie, dass der Weg endete und Töpfner vor einem umzäunten Platz stehen geblieben war. Hinter dem Zaun standen grüne Container in einer langen Reihe. Einer neben dem anderen.

Die Container waren mannshoch und etwas schmaler als eine Garage. Eine einzige Laterne brannte auf dem Platz, ihr schwaches Licht erhellte nur den vorderen Teil der Anlage.

Die vier duckten sich hinter einem Betonmischer und lugten an den Seiten hervor.

An dem Zaun war ein Schild angebracht.

Bald hier: Lagereinheiten – Grüne Box – Vermietung
Telefon: 02 234 682 777

Töpfner schaltete seine Taschenlampe aus und hob den Bauzaun an einer Seite aus seiner Betonhalterung. Er schob das Gitter ein Stück zur Seite und zwängte sich durch die schmale Öffnung, ehe er das Gitter wieder in die Halterung hievte, die Containerreihe entlanglief und in der Dunkelheit verschwand.

»Wo ist er hin?«, fragte Toni.

»Vielleicht in einen der Container«, sagte Sebastian.

»Hinterher«, sagte Tom und rannte los. Erol und Sebastian hinterher. Toni hatte Mühe, mit ihnen Schritt zu halten. Tom und Sebastian erreichten den Zaun zuerst, dann Erol.

Sebastian legte einen Finger auf seinen Mund. »Sch!«

Tom und Sebastian hoben den Zaun vorsichtig an. Erol schlüpfte hindurch. Mittlerweile war auch Toni bei ihnen. Er keuchte.

»Leise«, flüsterte Sebastian.

Toni zuckte hilflos mit den Schultern, dann schob er sich durch die Öffnung. Tom und Sebastian folgten ihnen und schlossen das Gitter.

Wieder liefen sie hintereinander. Dieses Mal führte Sebastian. Sie gingen ganz nahe an den Containern entlang, die alle auf der Stirnseite mit einer Doppeltür versehen waren. Als sie etwa die Hälfte der Reihe abgeschritten hatten, blieb Sebastian stehen. Er deutete auf den Boden. Jetzt sahen auch die anderen den Lichtstrahl unter der Tür des vorletzten Containers.

Sebastian drehte sich zu den anderen um.

»Weiter«, formte er mit seinen Lippen.

Sie waren nur noch wenige Meter entfernt. Ein Poltern war zu hören. Sie blieben stehen.

Gedämpft drang Töpfners Stimme aus dem vorletzten Container. »Verdammte Scheiße!«

Sebastian ging weiter. Die anderen hinterher. Ganz langsam, bis sie vor dem Container standen. Die Doppeltür war zugezogen, aber das offene Vorhängeschloss baumelte an der Seite. Anscheinend konnte man die Boxen nur von außen zuschließen.

Sie sahen einander an. Sie hatten keinen Plan und konnten sich nicht absprechen. Sie mussten eine Entscheidung treffen.

Erol deutete auf die Tür. »Rein«, flüsterte er.

Die anderen nickten.

Erol legte seine Hand auf den rechten Türgriff, Toni seine auf den linken. Erol gab Toni mit seiner freien Hand ein Zeichen. Zeitgleich zogen die beiden die Türflügel auf. Sebastian und Tom stürmten den Container. Zwei Petroleumlampen brannten. Das Licht flackerte.

Mehr als die Szene, die sich ihnen darbot, erschlug sie der Geruch. Tom würgte. Erol hielt sich beide Hände vor Nase und Mund, und Toni trat einen Schritt zurück.

»Um Gottes Willen«, rief Sebastian.

Töpfner erstarrte, Unglaube in seinem Gesicht.

Er stand vor einer offenbar nicht funktionstüchtigen Gefriertruhe, dem einzigen Gegenstand, der sich in dem Container befand. Dunkle Flecken säumten den Boden um die Truhe, deren Deckel halb geöffnet war. Etwas zu Großes befand sich im Inneren.

Sebastian stieß Töpfner zur Seite und riss den Deckel ganz auf. Dr. Uwe Löhninger. Aufgedunsen. Das Gesicht blau und entstellt. Seine Kleidung mit getrocknetem Blut überzogen. Auf dem Körper des toten Mannes lagen zugeschweißte Plastiktüten, in denen mal Eiswürfel gewesen waren. Sebastian schrie. Wut und Entsetzen. In diesem Moment löste sich Töpfner aus seiner Starre und rannte an den drei Männern vorbei, die den Eingang blockierten.

Erol reagierte als Erster und folgte Töpfner. Als dieser fast den Zaun erreicht hatte, trennte die beiden nur noch eine Armlänge. Erol beschleunigte. Er bekam Töpfner an seiner Kapuze zu fassen und riss ihn zu Boden. Hart landete Töpfner im Schlamm. Er wimmerte vor Schmerzen. Obwohl er keine Anstalten machte aufzustehen, setzte sich Erol rittlings auf ihn.

»Bitte, ich krieg keine Luft«, sagte Töpfner.

»Halt die Maul«, zischte Erol.

Jetzt waren auch Tom, Sebastian und Toni bei ihnen.

»Bitte«, winselte Töpfner, »ich wollte ihn nicht … Es war … Sie … sie wollte es … Es ist ihre Schuld … Bitte … ich …«

»Marion?«, fragte Tom.

Töpfner heulte los. Rotz lief aus seiner Nase.

»Jetzt heulen, ja?«, sagte Erol und haute Töpfner mit der flachen Hand auf die Stirn. »Du Menschen umbringen. Jetzt heulen, ja.«

»Sie wollte es. Sie …«

»Ich rufe die Polizei«, sagte Toni und holte sein Handy aus der Tasche. »Hallo, hier ist Anton Gruber. Wir haben Dr. Uwe Löhningers Leiche und seinen Mörder gefunden.«

40

Sie kommen«, sagte Toni, nachdem er das Gespräch beendet hatte.

Tom und Sebastian öffneten den Bauzaun.

Fünfzehn Minuten später hörten sie Sirenen, die immer lauter wurden. Dann sahen sie Blaulicht. Zwei Streifenwagen und ein dunkler BMW fuhren auf den Platz.

Vier uniformierte Polizisten und Kommissar Gowinda stiegen aus.

»Jemand bewaffnet?«, rief einer der Polizisten mit gezückter Pistole.

»Nein«, sagte Tom.

»Das ist die Mörder«, sagte Erol, der noch immer auf Töpfner saß.

»Und die tote Herr Löhninger ist dahinten in die Container, wo Licht ist.«

Zwei Polizisten baten Erol aufzustehen und legten Töpfner Handschellen an.

»Bitte … Ich wollte nicht«, begann Töpfner. Die Polizisten halfen ihm auf die Füße und führten ihn ab.

Toni, Sebastian, Erol und Tom folgten den restlichen Uniformierten und Kommissar Gowinda zu dem Container. Die vier warteten vor der offenen Tür, während die Polizisten kurz die Kühltruhe inspizierten.

»Das ist der Kommissar, der mich verhört hat«, sagte Toni zu den anderen.

Ein Polizist rief über Funk Verstärkung.

»Ich werde sie nachher mit zur Wache nehmen«, sagte Gowinda zu Toni, Sebastian, Erol und Tom.

»Jetzt sehen, dass Toni nicht mit die Verschwinden von Anwalt zu tun haben«, sagte Erol.

Gowinda lächelte. Dann ging der Kommissar zu dem Streifenwagen, in dem Töpfner saß.

Sebastian, Tom, Erol und Toni standen beisammen. Erol holte aus seiner Hosentasche die Zigaretten, die er vor einer gefühlten Ewigkeit in Görkems Kiosk gekauft hatte.

»Ein Glück aus Jacke geholt, bevor losgegangen«, sagte Erol.

Alle vier nahmen sich eine. Tom hatte Feuer. Schweigend rauchten sie.

Die Spurensicherung und zwei weitere Kripobeamte trafen ein. Lampen wurden aufgestellt und erhellten den Platz.

Kommissar Gowinda stieg wieder aus dem Fahrzeug, in dem Töpfner saß, und besprach sich mit seinen Kollegen.

»Können hören was Kommissar sagen?«, fragte Erol die anderen.

»Nein«, sagte Tom, »die stehen viel zu weit weg.«

»Wir näher gehen«, sagte Erol.

»Nein«, sagte Sebastian entschieden.

Ein paar Minuten später kam Gowinda zu ihnen. »Würden die Herren mir bitte folgen?«

Sie stiegen in seinen BMW. Toni vorne, die anderen drei hinten.

»Wir fahren zum Polizeipräsidium«, sagte der Kommissar und startete den Wagen.

Schweigend fuhren sie durch die Nacht. Ein gläserner

Turm überragte die anderen Gebäudeteile des Neubaukomplexes, in dem Toni nur einen Abend zuvor bereits einige Stunden verbracht hatte. Es kam ihm Tage her vor. Gowinda fuhr in das Parkhaus des Polizeipräsidiums.

Er ging voran. Ein Aufzug brachte sie in den dritten Stock. Sie folgten Gowinda durch einen langen Gang.

»Da wären wir«, sagte er und schloss eine Tür auf.

In dem fensterlosen Zimmer standen ein Tisch und drei Stühle.

»Einen Moment«, sagte der Kommissar und kam kurze Zeit später mit drei Stühlen und einem Kollegen zurück. »Dann machen wir es uns mal bequem.«

Toni, Erol, Sebastian und Tom setzten sich auf die eine Seite des Tisches, Gowinda und sein Kollege auf die andere.

»Das ist Herr Kranz«, sagte Gowinda und deutete auf den wesentlich jüngeren Mann zu seiner Rechten. Herr Kranz sah fast noch wie ein Schuljunge aus. Klein und dünn mit hellroten Haaren und Sommersprossen.

»Du Polizist?«, fragte Erol ungläubig.

»Ja.«

»Volljährig?«

Sebastian trat ihn unter dem Tisch.

Gowinda lachte. Kranz mühte sich ein Lächeln ab.

»Tut mir leid. Aber sehr jung. Gut für Sie. Jung und …«, Erol hielt inne, »… ah, nee, sag ich lieber nicht.«

»Ich hole mal Kaffee für alle«, sagte Herr Kranz.

»Danke, Jochen«, sagte Gowinda, »und das Aufnahmegerät.«

Als Kranz draußen war, lehnte Erol sich vor. »Ist wirklich erwachsen die Junge?«

»Ja«, sagte Gowinda, »29. Ich weiß … armer Kerl.«

»Und sieht aus wie Pumuckl«, sagte Erol.

Sebastian trat ihn noch einmal.

»Aua … Ich sagen ja nur. Kinder lieben Pumuckl.«

Kranz kam mit einer Thermoskanne Kaffee, Pappbechern und einem Aufnahmegerät zurück.

Gowinda schenkte Kaffee ein. »Braucht jemand Milch oder Zucker?«

Die anderen verneinten.

»Aber ich brauche Zucker«, sagte Gowinda und stand auf.

»Ich gehe schon«, sagte Kranz.

»Danke, Jochen«, sagte Gowinda.

Herr Kranz verließ das Zimmer.

»Hat Töpfner Ihnen von Marion Löhninger erzählt? Sie müssen Frau Löhninger verhaften«, sagte Tom.

Der Kommissar sah Tom amüsiert an. »Dann sind die Herren also über alles im Bilde. Marion Löhninger wurde bereits festgenommen und wird hierhergebracht.«

Tonis Herz schlug schneller, obwohl er wusste oder zumindest erahnen konnte, zu was seine Greta imstande war.

Kranz kam mit einer Packung Würfelzucker und einem Löffel zurück.

Gowinda versenkte zwei Würfel in seinem Kaffee und rührte ihn um.

»Dann beginnen wir mal«, sagte er und schaltete das Aufnahmegerät an.

»Woher kennen Sie Herrn Töpfner?«

»Das habe ich Ihnen doch schon erzählt«, sagte Toni.

»Und jetzt noch einmal, bitte. Die ganze Geschichte von vorne und der Reihe nach.«

Und so erzählten die vier. Gowinda und Kranz hörten zu, ohne sie zu unterbrechen.

»Und jetzt Sie glauben uns, ja?«, fragte Erol.

Gowinda nickte.

»Was wird mit ihr passieren?«, fragte Toni.

»Mit Frau Löhninger?«, fragte Gowinda.

Toni nickte. Er konnte nur noch daran denken, dass sie wie er in einem Verhörzimmer sitzen würde. Die Kamera in der Ecke auf sie gerichtet. Würde auch sie sich fragen, wer hinter der Kamera sitzt und zurückstarrt? Würde sie bereuen, was sie getan hat? Würde sie an ihn denken? An Toni, mit dem sie nie wird angeln gehen?

»Anstiftung oder Beihilfe zum Mord wird im Allgemeinen wie Mord bestraft. Lebenslang. Mindestens 15 Jahre.«

»Ist es denn sicher, dass sie … dass sie ihn angestiftet hat? Oder …«

»Dazu darf ich mich im Moment nicht äußern. Tut mir leid«, sagte Gowinda.

»Noch Kaffee?«, fragte Kranz.

Die vier verneinten.

»Kann ich was fragen, Herr Kommissar«, sagte Erol.

»Ja.«

»Warum Sie damals uns gesehen vor Marions Haus, aber nicht Töpfner?«

Gowinda räusperte sich. »Manchmal unterlaufen auch uns Fehler. Ich … ich habe herausgefunden, dass die zwei Polizisten, die das Haus observieren sollten, ihren Posten für ein paar Minuten verlassen haben, um … um Zigaretten zu holen.«

»Ah«, sagte Erol. Und dann: »Nicht Profis, hätten nur eine gehen sollen.«

Gowinda nickte. »Wahrscheinlich wollen Sie jetzt nach Hause.«

»Mein Auto steht noch in Lövenich. Auf dem Burger-King-Parkplatz«, sagte Tom.

»Gut, dann fahre ich Sie«, sagte Gowinda und goss sich Kaffee nach, »wird eine lange Nacht für mich.«

41

Schwarze Witwe 2.0
von Helen Rabanek

Montagnacht haben vier Männer aus Köln Dr. Uwe Löhningers Leiche gefunden und seinen Mörder überführt. Dr. Löhninger wurde mit sechs Messerstichen getötet. Warum hat Michael Töpfner (43) aus Ehrenfeld, Besitzer eines Elektroladens, den prominenten Anwalt umgebracht? Eine bizarre Geschichte, die auf einer Onlinedating-Seite ihren Anfang nahm.

Der geschiedene Michael Töpfner hat, so wie viele Menschen, im Internet die Liebe gesucht und glaubte, sie gefunden zu haben, als er Beatrice Klein kennenlernte. Nach mehreren Treffen offenbarte die angeblich alleinstehende Kindergärtnerin ihre wahre Identität: Marion Löhninger, Ehefrau eines erfolgreichen Anwalts. Liebe und ein kleines Vermögen versprach sie Michael Töpfner, wenn er ihr helfen würde, Dr. Uwe Löhninger aus dem Weg zu schaffen.

Marion Löhninger hatte sich unter falschem Namen mit mehreren Männern getroffen, die sie im Internet kennengelernt hatte. Ihre Wahl fiel auf den Elektroladenbesitzer. Nur er sollte erfahren, wer sie wirklich war und was sie geplant hatte.

Man muss Frau Löhninger gute Menschenkenntnis

zusprechen, hat sie doch erfolgreich den willigen Mörder unter ihren Dates herausgepickt.

Dr. Uwe Löhningers Kinder hatten die zweite Ehefrau ihres Vaters sofort in Verdacht, etwas mit seinem Verschwinden zu tun zu haben, und auch die Polizei nahm Marion Löhninger genau ins Visier. Doch konnten sie Frau Löhninger kein Verbrechen nachweisen, da noch nicht einmal klar war, ob überhaupt ein Verbrechen vorlag.

Vielleicht wäre Dr. Uwe Löhningers Leiche nie gefunden worden, hätte nicht einer der Männer, mit denen sich Marion getroffen hatte, sie im Fernsehen wiedererkannt.

»Sie sah anders aus. Sie trug bei unseren Treffen eine Perücke. Aber ich habe nicht gemerkt, dass es eine Perücke war. Ich habe sie im Fernsehen sofort erkannt«, berichtet uns Anton Gruber. Gruber ist einer der vier Männer, die Michael Töpfner überführt und Dr. Uwe Löhningers Leiche gefunden haben.

Eigentlich wollte Anton Gruber zusammen mit seinen Freunden Erol Ölmez, Sebastian Thiele und Tom Seibert nur herausfinden, warum sich Marion Löhninger zunächst als Greta Schröder ausgegeben hatte und dann abgetaucht war.

»Wir waren verabredet, und sie ist nicht gekommen. Ihr Telefon war abgestellt und ihr Onlineprofil verschwunden«, verrät uns Anton Gruber.

Die vier Männer, die in Grubers Laden jeden Freitag gemeinsam Lotto spielen, spürten jedoch bald, dass mehr hinter der Sache steckte.

»Wir haben sozusagen selbst ermittelt«, sagt Seibert,

das jüngste Mitglied der Tippgemeinschaft Jackpot, dem Stadtanzeiger.

Erol Ölmez, ein Taxifahrer, schwärmt von den Verfolgungsjagden, die sich das Quartett mit Herrn Töpfner geliefert hat.

»Wir wissen, dass wir die Polizei hätten früher verständigen sollen«, sagt uns Sebastian Thiele, Zahnarzt und der vierte Mann im Bunde.

Die Polizei hat sich öffentlich bei den Herren für ihre Mithilfe bedankt. Kommissar Domek Gowinda von der Kripo Köln nannte die vier »verdammt gute Detektive«.

Michael Töpfner hat ein detailliertes Geständnis abgelegt. Und auch Marion Löhninger hat angesichts der bedrückenden Beweislast gestanden.

»Wir trauern um unseren Vater. Doch sind wir erleichtert, dass wir nicht länger in Ungewissheit leben müssen. Jetzt können wir ihn beerdigen. Ich hoffe, dass beide Angeklagte die Höchststrafe erhalten werden. Obwohl Marion nicht zugestochen hat, ist sie genauso schuldig wie der Mörder selbst. Ich denke, ihre Schuld wiegt sogar noch schwerer. Sie hat den Mord geplant«, sagt uns Karl Löhninger, der Sohn des Anwalts.

Aus vertraulicher Quelle wissen wir, dass sich bisher drei weitere Männer bei der Polizei gemeldet haben, die eine ähnliche Begegnung mit Frau Löhninger wie Anton Gruber hatten. Sie hieß Nina, Frauke, Miriam. Ihre Haare waren rot, schwarz, braun. Lang, lockig, kurz. Ihre Geschichte war immer die gleiche: ein gewalttätiger Ex-Mann, der sie bedrohte. Als Beweis diente ein blaues Auge. Marion Löhninger profitierte hier von ihrer abgebrochenen Ausbildung als Maskenbildnerin. So wie

Anton Gruber wurden diese Männer von Marion abserviert. Heute sind jene Herren wahrscheinlich erleichtert. Denn wer weiß: Vielleicht hätte Marion auch sie zum Mord verführt.

Tom faltete den *Kölner Stadtanzeiger* zusammen und lächelte. »Haben wir gut gemacht«, sagte er.

Die Tippgemeinschaft saß in Tonis Laden. Sie tranken Bier. Vier Tage waren vergangen, seitdem sie Löhninger gefunden hatten.

»Und was wir machen jetzt?«, fragte Erol. »War schon aufgeregend, ein Mörder zu jagen.«

»Aufregend«, sagte Tom.

»Ja, ja …«

»Ich kann nicht glauben, was Marion getan hat«, sagte Toni.

Die anderen sahen ihn skeptisch an.

»Jetzt guckt nicht so. Ich weiß, dass es stimmt. Ich bin nur baff. Ich meine, wer macht so was?« Toni schüttelte den Kopf. »Sie hätte Schauspielerin werden sollen.« Er stand auf und holte Bier aus dem Kühlschrank. »Aber ja, es war aufregend«, sagte er, während er die Flaschen verteilte.

»Es war aufregend«, sagte Sebastian. »Wir haben geholfen, einen Mord aufzuklären.«

»Wir haben den Mord aufgeklärt«, sagte Tom.

»Auf uns«, sagte Sebastian.

»Auf uns«, sagten die anderen und stießen an.

»Ich habe noch was für uns«, sagte Toni. Er ging hinter die Ladentheke und holte aus einer Schublade eine Holzkiste. Er öffnete die Kiste und stellte sie auf den Schreibtisch. Ein Dutzend langer, dicker Zigarren.

»Don Julio«, sagte Toni, »die Größten. Gigante. Greift zu.«

Alle vier nahmen sich eine. Toni ließ den Zigarrenschneider rumgehen.

»Danke, Toni«, sagte Sebastian. »Die sind gut.«

»Dabei rauchst du ja eigentlich gar nicht«, sagte Tom.

Sebastian lachte.

»Die haben wir uns verdient«, sagte Toni. Er deutete auf den *Stadtanzeiger*. »Hier steht es schwarz auf weiß: Wir sind Helden.«

»Gülen haben heute Morgen Zeitung gelesen, und Gülen sagen zu mir: Dein Freunde alles was Gescheites gesagen, und du nur von Verfolgungsjagden labern. Du wie kleine Junge, Erol.« Erol grinste. »Aber dann Gülen mich geküsst. Ich glauben, ist stolz auf misch.«

»Auf Gülen«, sagte Tom.

»Auf Gülen«, sagten die anderen und erhoben ihre Flaschen.

Es klopfte an der Ladentür.

»Das ist Helen. Ich schulde ihr ein Essen.«

Toni stand auf und schloss auf. Er begrüßte Helen. Sie folgte ihm zu den Flugzeugsitzen.

»Alle vier Helden beisammen«, sagte Helen.

»Ich holen Stuhl«, sagte Erol.

»Eigentlich will mich Tom zum Essen ausführen.«

»Auf ein Bier können wir schon noch bleiben.«

»Okay.«

Erol kam mit einem Klappstuhl zurück. Toni holte fünf Flaschen Kölsch und bot Helen eine Zigarre an.

»Davon wird mir sicher schlecht«, sagte sie.

»Nein, ist gut. Beste Zigarre«, sagte Erol und lächelte.

Helen nahm eine.

»Warte, ich schneide sie dir an«, sagte Toni.

Geschickt präparierte er die Don Julio und reichte sie Helen.

Helen zündete die Zigarre an. Inhalierte. Hustete.

»Paffen«, sagte Sebastian, »nicht auf Lunge rauchen.«

»Okay«, sagte Helen.

»Gut, he?«, fragte Erol.

Helen nickte.

»Also, worauf trinken wir?«, fragte Tom und erhob seine Flasche.

»Auf euch«, sagte Helen. »Immerhin habt ihr einen Mordfall gelöst.«

»Und auf dich«, sagte Sebastian. »Du hast uns schließlich geholfen.«

Sie stießen an.

»Die Polizei hat uns nie erzählt, wo und wann Töpfner Löhninger ermordet hat«, sagte Tom und sah Helen an.

Helen legte die Zigarre in den Aschenbecher.

»Also gut, hier ist, was ich weiß: Am Abend vor Uwe Löhningers offiziellem Verschwinden hat Marion ihren Mann mit einem Schlafmittel betäubt. Töpfner und sie haben Löhninger in dem Kofferraum des Mercedes verstaut, der immer in der Garage der Villa parkte. Töpfner hat das Auto zu den Containern gefahren und den bewusstlosen Löhninger erstochen. Anscheinend hatte es einen Kurzschluss gegeben, deshalb lief die Kühltruhe nicht. Der Plan war, die Leiche dort so lange zu lagern, bis auf der Baustelle nebenan der Beton für das Fundament gegossen wird. Und dann Löhninger dort zu versenken.«

»Und was hat Töpfner mit dem Mercedes gemacht?«, fragte Sebastian.

»Nach Düsseldorf gefahren und dort in der Nähe des Bahnhofs geparkt.«

»Und niemand hat das Auto entdeckt?«, fragte Toni.

Helen schüttelte den Kopf. »Es stand nicht im Halteverbot.«

»Noch eine Bier?«, fragte Erol.

»Sollen wir los?«, fragte Tom Helen.

»Auf ein Bier können wir noch bleiben«, sagte sie. »Oder zwei.«

»Was machen wir jetzt? Isch langweilig«, sagte Erol.

»Wir könnten mal wieder angeln gehen«, sagte Toni.

Die anderen lachten.

»Oder wir Jackpot gewinnen, und dann ich kaufen einen Zigarrenfabrik und die Polizei«, sagte Erol.

»Die Polizei?«, fragte Tom. »Du kaufst die Polizei?«

»Ja, und dann ich sagen: Rufen Tippgemeinschaft Jackpot an, wenn neues Mordfall. Wir klären.«

»Apropos Jackpot«, sagte Toni und nahm einen leeren Schein und einen Stift zur Hand. »Zahlen?«

OKTOPUS VERLAG

Eberhard Michaely

Frau Helbing und der tote Fagottist

Kriminalroman

So charmant und resolut wurde noch kein Mörder dingfest gemacht.

Ein allergischer Schock durch drei Wespenstiche? Frau Helbing ist sich sicher, dass ihr freundlicher Nachbar, der namhafte Fagottist Henning von Pohl, einem Verbrechen zum Opfer gefallen ist. Die pensionierte Fleischereifachverkäuferin mag zwar von klassischer Musik ebenso wenig verstehen wie von moderner Technik, aber mit Mordfällen kennt sie sich aus: Seit dem Tod ihres Mannes Hermann, mit dem sie vierzig Jahre lang eine Metzgerei im Hamburger Grindelviertel geführt hat, liest sie in ihrer Freizeit am liebsten Kriminalromane. Leider hält nicht nur ihre exzentrische Freundin Heide ihren Verdacht für ein Hirngespinst, sondern auch die hochnäsige Kommissarin Schneider. Nur der Schneider Herr Aydin hat ein offenes Ohr für Frau Helbing und ermutigt sie, ihrem Instinkt zu folgen. Allerdings birgt so ein Kriminalfall im echten Leben auch einige Gefahren …

Ihr zweiter Fall:

Frau Helbing und der verschollene Kapitän

OKTOPUS VERLAG

Constanze Scheib

Der Würger von Hietzing

Die gnä' Frau ermittelt

Kriminalroman

Die gnä' Frau langweilt sich zu Tode.
Da kommt ihr eine Mordserie,
die Wien in Atem hält, gerade recht.

Eine vornehme Dame auf Mörderjagd? Warum denn nicht?, denkt sich Frau Ehrenstein, als die Tante ihres Dienstmädchens Bianca erdrosselt aufgefunden wird. Schließlich wünscht sich Frau Ehrenstein schon lange etwas Abwechslung von ihrem gleichförmigen Wirken als Hausherrin im exklusiven Wiener Stadtteil Hietzing, das sich eigentlich schon in der morgendlichen Inspektion der Dienerschaft erschöpft. Gelegentliche Ausflüge in den Tierpark Schönbrunn mit ihrem Sohn Willi oder Abende in der Oper sind zwar schön, aber eben auch nicht wirklich tagesfüllend. Man könnte glatt meinen, Frau Ehrenstein lebe im 19. Jahrhundert und nicht in den 1970er Jahren, in Zeiten von Glamrock, LSD und Blumenkindern. Weil sich die gnä' Frau in Stöckelschuhen schlecht ins Verbrechermilieu begeben kann, bittet sie kurzerhand ihr neues Hausmädchen Marie um Hilfe, mit der sie nicht nur die Leidenschaft für Filme und Whisky verbindet. Die gemeinsame Suche nach dem Würger von Hietzing gestaltet sich deutlich abenteuerlicher, als Frau Ehrenstein sich das hat träumen lassen.

OKTOPUS VERLAG

Josephine Tey
Nur der Mond war Zeuge

Kriminalroman
Aus dem Englischen von Manfred Allié

Eine ungeheure Anschuldigung gegen zwei Frauen, und als einzige Zeugin ein junges Mädchen, dem alle glauben. Aber sind die Beweise wirklich eindeutig?

Milford ist ein idyllisches Provinznest in England, in dem nie etwas passiert. In der einzigen Anwaltskanzlei vor Ort führt der junge Robert Blair in 41. Generation die Geschäfte. Seine einzige Abwechslung sind die Kekse, die täglich zur *tea time* gereicht werden – bis eines Abends das Telefon klingelt. Marion Sharpe und ihre Mutter, die ein abgelegenes Herrenhaus bewohnen, haben Besuch von Scotland Yard. Ein junges Mädchen behauptet, von den beiden entführt und in ihr Haus verschleppt worden zu sein. Einen Monat lang wurde die 15-Jährige dort festgehalten, sagt sie, und musste als Haushälterin arbeiten, ehe ihr schließlich die Flucht gelang. Ein unerhörte Behauptung, eine Unverschämtheit! Allerdings: Das Mädchen kann jedes Detail im Innern des Hauses beschreiben. Der Anwalt, der sonst nur Testamente aufsetzt (für eine schrullige alte Dame jede zweite Woche ein neues), steht vor einer großen Herausforderung: Er soll die Unschuld der Frauen beweisen.